第一辑 | 苦茶苦竹

目录

第二辑 | 谈龙谈虎

第三辑 | 看云看雨

第一辑

苦茶苦竹

喝茶当于瓦屋纸窗下，

清泉绿茶，用素雅的陶瓷茶具，

同二三人共饮，

得半日之闲，可抵十年的尘梦。

故乡的野菜

我的故乡不止一个，凡我住过的地方都是故乡。故乡对于我并没有什么特别的情分，只因钓于斯游于斯的关系，朝夕会面，遂成相识，正如乡村里的邻舍一样，虽然不是亲属，别后有时也要想念到他。我在浙东住过十几年，南京东京都住过六年，这都是我的故乡，现在住在北京，于是北京就成了我的家乡了。

日前我的妻往西单市场买菜回来，说起有荠菜在那里卖着，我便想起浙东的事来。荠菜是浙东人春天常吃的野菜，乡间不必说，就是城里只要有后园的人家都可以随时采食，妇女小儿各拿一把剪刀一只“苗篮”，蹲在地上搜寻，是一种有趣味的游戏的工作。那时小孩们唱道：“荠菜马兰头，姊姊嫁在后门头。”后来马兰头有乡人拿来进城售卖了，但荠菜还是一种野菜，须得自家去采。关于荠菜向来颇有风雅的传说，不过这似乎以吴地为主。《西湖游览志》云：“三月三日男女皆戴荠菜花。谚云：三春戴荠花，桃李羞繁华。”顾禄的《清嘉录》上亦说，“荠菜花俗呼野菜花，因谚有‘三月三蚂蚁上灶山’之语，三日人家皆以野菜花置灶径上，以厌虫蚁。侵晨村童叫卖不绝。或妇女簪髻上以祈清目，俗号眼亮花。”但浙东人却不很理会这些事情，只是挑来做菜或炒年糕吃罢了。

黄花麦果通称鼠曲草，系菊科植物，叶小微圆互生，表面有白毛，花黄色，簇生梢头。春天采嫩叶，捣烂去汁，和粉作糕，称黄花麦果糕。小孩们有歌赞美之云：

黄花麦果韧结结，

关得大门自要吃，

半块拿弗出，一块自要吃。

清明前后扫墓时，有些人家——大约是保存古风的人家——用黄花麦果作供，但不作饼状，做成小颗如指顶大，或细条如小指，以五六个作一攒，名曰茧果，不知是什么意思，或因蚕上山时设祭，也用这种食品，故有是称，亦未可知。自从十二三岁时外出不参与外祖家扫墓以后，不复见过茧果，近来住在北京，也不再见黄花麦果的影子了。日本称作“御形”，与荠菜同为春天的七草之一，也采来做点心用，状如艾饺，名曰“草饼”，春分前后多食之，在北京也有，但是吃去总是日本风味，不复是儿时的黄花麦果糕了。

扫墓时候所常吃的还有一种野菜，俗称草紫，通称紫云英。农人在收获后，播种田内，用作肥料，是一种很被贱视的植物，但采取嫩茎瀹食，味颇鲜美，似豌豆苗。花紫红色，数十亩接连不断，一片锦绣，如铺着华美的地毯，非常好看，而且花朵状若蝴蝶，又如鸡雏，尤为小孩所喜，间有白色的花，相传可以治痢。很是珍重，但不易得。日本《俳句大辞典》云："此草与蒲公英同是习见的东西，从幼年时代便已熟识。在女人里边，不曾采过紫云英的人，恐未必有罢。"中国古来没有花环，但紫云英的花球却是小孩常玩的东西，这一层我还替那些小人们欣幸的。浙东扫墓用鼓吹，所以少年常随了乐音去看"上坟船里的姣姣"；没有钱的人家虽没有鼓吹，但是船头上篷窗下总露出些紫云英和杜鹃的花束，这也就是上坟船的确实的证据了。

北京的茶食

在东安市场的旧书摊上买到一本日本文章家五十岚力的《我的书翰》，中间说起东京的茶食店的点心都不好吃了，只有几家如上野山下的空也，还做得好点心，吃起来馅和糖及果实浑然融合，在舌头上分不出各自的味来。

想起德川时代江户的二百五十年的繁华，当然有这一种享乐的流风余韵留传到今日，虽然比起京都来自然有点不及。

北京建都已有五百余年之久，论理于衣食住方面应有多少精微的造就，但实际似乎并不如此，即以茶食而论，就不曾知道什么特殊的有滋味的东西。

固然我们对于北京情形不甚熟悉，只是随便撞进一家饽饽铺里去买一点来吃，但是就撞过的经验来说，总没有很好吃的点心买到过。难道北京竟是没有好的茶食，还是有而我们不知道呢？这也未必全是为贪口腹之欲，总觉得住在古老的京城里吃不到包含历史的精炼的或颓废的点心是一个很大的缺陷。

北京的朋友们，能够告诉我两三家做得上好点心的饽饽铺么？

我对于二十世纪的中国货色，有点不大喜欢，粗恶的模仿品，美其名曰国货，要卖得比外国货更贵些。新房子里卖的东西，便不免都有点怀疑，虽然这样说好像遗老的口吻，但总之关于风流享乐的事我是颇迷信传统的。

我在西四牌楼以南走过，望着异馥斋的丈许高的独木招牌，不禁神往，因为这不但表示他是义和团以前的老店，那模糊阴暗的字迹又引起我一种焚香静坐的安闲而丰腴的生活的幻想。我不曾焚过什么香，却对于这件事很有趣味，然而终于不敢进香店去，因为怕他们在香盒上已放着花露水与日光了。

我们于日用必需的东西以外，必须还有一点无用的游戏与享乐，生活才觉得有意思。我们看夕阳，看秋河，看花，听雨，闻香，喝不求解渴的酒，吃不求饱的点心，都是生活上必要的——虽然是无用的装点，而且是愈精炼愈好。

可怜现在的中国生活，却是极端地干燥粗鄙，别的不说，我在北京彷徨了十年，终未曾吃到好点心。

谈酒

这个年头儿，喝酒倒是很有意思的。我虽是京兆人，却生长在东南的海边，是出产酒的有名地方。我的舅父和姑父家里时常做几缸自用的酒，但我终于不知道酒是怎么做法，只觉得所用的大约是糯米，因为儿歌里说：“老酒糯米做，吃得变nionio”——末一字是本地叫猪的俗语。做酒的方法与器具似乎都很简单，只有煮的时候的手法极不容易，非有经验的工人不办，平常做酒的人家大抵聘请一个人来，俗称“酒头工”，以自己不能喝酒者为最上，叫他专管鉴定煮酒的时节。有一个远房亲戚，我们叫他“七斤公公”——他是我舅父的族叔，但是在他家里做短工，所以舅母只叫他作“七斤老”，有时也听见她叫“老七斤”，是这样的酒头工，每年去帮人家做酒，他喜吸旱烟，说玩话，打麻将，但是不大喝酒（海边的人喝一两碗是不算能喝，照市价计算也不值十文钱的酒），所以生意很好，时常跑一二百里路被招到诸暨嵊县去。据他说这实在并不难，只须走到缸边屈着身听，听见里边起泡的声音切切察察的，好像是螃蟹吐沫（儿童称为蟹煮饭）的样子，便拿来煮就得了；早一点酒还未成，迟一点就变酸了。但是怎么是恰好的时期，别人仍不能知道，只有听熟的耳朵才能够断定，正如古董家的眼睛辨别古物一样。

大人家饮酒多用酒钟，以表示其斯文，实在是不对的。正当的喝法是用一种酒碗，浅而大，底有高足，可以说是古已有之的香宾杯。平常起码总是两碗，合一“串筒”，价值似是六文一碗。串筒略如倒写的凸字，上下部如一与三之比，以洋铁为之，无盖无嘴，可倒而不可筛，据好酒家说酒以倒为正宗，筛出来的不大好吃。唯酒保好于量酒之前先“荡”（置水于器内，摇荡而洗涤之谓）串筒，荡后往往将清水之一部分留在筒内，客嫌酒淡，常起争执，故喝酒老手必先戒堂倌勿荡串筒，并监视其量好放在温酒架上。能饮者多索竹叶青，通称曰“本色”，“元红”系状元红之略，则着色者，唯外行人喜饮之。在外省有所谓花雕者，唯本地酒店中却没有这样东西。相传昔时人家生女，则酿酒贮花雕（一种有花纹的酒坛）中，至女儿出嫁时用以饷客，但此风今已不存，嫁女时偶用花雕，也只临时买元红充数，饮者不以为珍品。有些喝酒的人预备家酿，却有极好的，每年做醇酒若干坛，按次第埋园中，二十年后掘取，即每岁皆得饮二十年陈的老酒了。此种陈酒例不发售，故无处可买，我只有一回在旧日业师家里喝过这样好酒，至今还不曾忘记。

我既是酒乡的一个土著，又这样的喜欢谈酒，好像一定是个与“三酉”结不解缘的酒徒了。其实却大不然。我的父亲是很能喝酒的，我不知道他可以喝多少，只记得他每晚用花生米水果等下酒，且喝且谈天，至少要花费两点钟，恐怕所喝的酒一定很不少了。但我却是不肖，不，或者可以说有志未逮，因为我很喜欢喝酒而不会喝，所以每逢酒宴我总是第一个醉与脸红的。自从辛酉患病后，医生叫我喝酒以代药饵，定量是勃兰地每回二十格兰姆，蒲桃酒与老酒等倍之，六年以后酒量一点没有进步，到现在只要喝下一百格兰姆的花雕，便立刻变成关夫子了。（以前大家笑谈称作“赤化”，此刻自然应当谨慎，虽然是说笑话。）有些有不醉之量的，愈饮愈是脸白的朋友，我觉得非常可以欣羡，只可惜他们愈能喝酒便愈不肯喝酒，好像是美人之不肯显示她的颜色，这实在是太不应该了。

黄酒比较的便宜一点，所以觉得时常可以买喝，其实别的酒也未尝不好。白干于我未免过凶一点，我喝了常怕口腔内要起泡，山西的汾酒与北京的莲花白虽然可喝少许，也总觉得不很和善。日本的清酒我颇喜欢，只是仿佛新酒模样，味道不很静定。蒲桃酒与橙皮酒都很可口，但我以为最好的还是勃兰地。我觉得西洋人不很能够了解茶的趣味，至于酒则很有工夫，决不下于中国。天天喝洋酒当然是一个大的漏卮，正如吸烟卷一般，但不必一定进国货党，咬定牙根要抽净丝，随便喝一点什么酒其实都是无所不可的，至少是我个人这样的想。

喝酒的趣味在什么地方？这个我恐怕有点说不明白。有人说，酒的乐趣是在醉后的陶然的境界。但我不很了解这个境界是怎样的，因为我自饮酒以来似乎不大陶然过，不知怎的我的醉大抵都只是生理的，而不是精神的陶醉。所以照我说来，酒的趣味只是在饮的时候，我想悦乐大抵在做的这一刹那，倘若说是陶然那也当是杯在口的一刻吧。醉了，困倦了，或者应当休息一会儿，也是很安舒的，却未必能说酒的真趣是在此间。昏迷，梦魇，呓语，或是忘却现世忧患之一法门；其实这也是有限的，倒还不如把宇宙性命都投在一口美酒里的耽溺之力还要强大。我喝着酒，一面也怀着“杞天之虑”，生恐强硬的礼教反动之后将引起颓废的风气，结果是借醇酒妇人以避礼教的迫害，沙宁（Sanin）时代的出现不是不可能的。但是，或者在中国什么运动都未必彻底成功，青年的反拨力也未必怎么强盛，那么杞天终于只是杞天，仍旧能够让我们喝一口非耽溺的酒也未可知。倘若如此，那时喝酒又一定另外觉得很有意思了吧？

| 喝茶

前回徐志摩先生在平民中学讲“吃茶”——并不是胡适之先生所说的“吃讲茶”——我没有工夫去听，又可惜没有见到他精心结构的讲稿，但我推想他是在讲日本的“茶道”（英文译作Teaism），而且一定说的很好。茶道的意思，用平凡的话来说，可以称作“忙里偷闲，苦中作乐”，在不完全的现世享乐一点美与和谐，在刹那间体会永久，是日本之“象征的文化”里的一种代表艺术。关于这一件事，徐先生一定已有透彻巧妙的解说，不必再来多嘴，我现在所想说的，只是我个人的很平常的喝茶观罢了。

喝茶以绿茶为正宗，红茶已经没有什么意味，何况又加糖——与牛奶？葛辛（George Gissing）的《草堂随笔》（原名*Private Papers of Henry Ryecroft*）确是很有趣味的书，但冬之卷里说及饮茶，以为英国家庭里下午的红茶与黄油面包是一日中最大的乐事，东方饮茶已历千百年，未必能领略此种乐趣与实益的万分之一，则我殊不以为然。红茶带“土斯”未始不可吃，但这只是当饭，在肚饥时食之而已；我的所谓喝茶，却是在喝清茶，在赏鉴其色与香与味，意未必在止渴，自然更不在果腹了。中国古昔曾吃过煎茶及抹茶，现在所用的都是泡茶，冈仓觉三在《茶之书》（*Book of Tea*，1919）里很巧妙的称之曰“自然主义的茶”，所以我们所重的即在这自然之妙味。中国人上茶馆去，左一碗右一碗的喝了半天，好像是刚从沙漠里回来的样子，颇合于我的喝茶的意思（听说闽粤有所谓吃工夫茶者自然更有道理），只可惜近来太是洋场化，失了本意，其结果成为饭馆子之流，只在乡村间还保存一点古风，唯是屋宇器具简陋万分，或者但可称为颇有喝茶之意，而未可许为已得喝茶之道也。

喝茶当于瓦屋纸窗下，清泉绿茶，用素雅的陶瓷茶具，同二三人共饮，得半日之闲，可抵十年的尘梦。喝茶之后，再去继续修各人的胜业，无论为名为利，都无不可，但偶然的片刻优游乃正亦断不可少。中国喝茶时多吃瓜子，我觉得不很适宜，喝茶时可吃的东西应当是清淡的“茶食”。中国的茶食却变了“满汉饽饽”，其性质与“阿阿兜”相差无几，不是喝茶时所吃的东西了。日本的点心虽是豆米的成品，但那优雅的形色，朴素的味道，很合于茶食的资格，如各色的“羊羹”（据上田恭辅氏考据，说是出于中国唐时的羊肝饼），尤有特殊的风味。江南茶馆中有一种“干丝”，用豆腐干切成细丝，加姜丝酱油，重汤炖热，上浇麻油，出以供客，其利益为“堂倌”所独有。豆腐干中本有一种“茶干”，今变而为丝，亦颇与茶相宜。在南京时常食此品，据云有某寺方丈所制为最，虽也曾尝试，却已忘记，所记得者乃只是下关的江天阁而已。学生们的习惯，平常“干丝”既出，大抵不即食，等到麻油再加，开水重换之后，始行举箸，最为合式，因为一到即罄，次碗继至，不遑应酬，否则麻油三浇，旋即撤去，怒形于色，未免使客不欢而散，茶意都消了。

吾乡昌安门外有一处地方名三脚桥（实在并无三脚，乃是三出，因以一桥而跨三汊的河上也），其地有豆腐店曰周德和者，制茶干最有名。寻常的豆腐干方约寸半，厚可三分，值钱二文，周德和的价值相同，小而且薄，才及一半，黝黑坚实，如紫檀片。我家距三脚桥有步行两小时路程，故殊不易得，但能吃到油炸者而已。每天有人挑担设炉镬，沿街叫卖，其词曰：

辣酱辣，

麻油炸，

红酱搽，

辣酱拓，

周德和格五香油炸豆腐干。

其制法如上所述，以竹丝插其末端，每枚三文。豆腐干大小如周德和，而甚柔软，大约系常品，唯经过这样烹调，虽然不是茶食之一，却也不失为一种好豆食。——豆腐的确也是极好的佳妙的食品，可以有种种的变化，唯在西洋不会被领解，正如茶一般。

日本用茶淘饭，名日“茶渍”，以腌菜及“泽庵”（即福建的黄土萝卜，日本泽庵法师始传此法，盖从中国传去）等为佐，很有清淡而甘香的风味。中国人未尝不这样吃，唯其原因，非由穷因即为节省，殆少有故意往清茶淡饭中寻其固有之味者，此所以为可惜也。

| 菱角

每日上午门外有人叫卖“菱角”，小孩们都吵着要买，因此常买十来包给他们分吃，每人也只分得十几个罢了。这是一种小的四角菱，比刺菱稍大，色青而非纯黑，形状也没有那样奇古，味道则与两角菱相同。正在看乌程汪曰桢的《湖雅》（光绪庚辰即1880年出版），便翻出卷二讲菱的一条来，所记情形与浙东大抵相像，选录两则于后：

“《仙潭文献》：‘水红菱’最先出。青菱有二种，一曰‘花蒂’，一曰‘火刀’，风干之皆可致远，唯‘火刀’耐久，迨春犹可食。因塔村之‘鸡腿’，生啖殊佳；柏林圩之‘沙角’熟瀹颇胜。乡人以九月十月之交撤荡，多则积之，腐其皮，如收贮银杏之法，曰‘阖菱’。”

“《湖录》：菱与芰不同。《武陵记》：‘四角三角曰芰，两角曰菱。’今菱湖水中多种两角，初冬采之，曝干，可以致远，名曰‘风菱’。唯郭西湾桑渎一带皆种四角，最肥大，夏秋之交，煮熟鬻于市，曰‘熟老菱’。”

“按，鲜菱充果，亦可充蔬。沉水乌菱俗呼‘浆菱’。乡人多于溪湖近岸处水中种之，曰‘菱荡’，四围植竹，经绳于水面，间之为界，曰‘菱竹’。……”

越中也有两角菱，但味不甚佳，多作为“酱大菱”，水果铺去壳出售，名“黄菱肉”，清明扫墓时常用作供品，“迨春犹可食”，亦别有风味。实熟沉水抽芽者用竹制发篦状物曳水底摄取之，名“掺芽大菱”，初冬下乡常能购得，市上不多见也。唯平常煮食总是四角者为佳，有一种名“驼背白”，色白而拱背，故名，生熟食均美，十年前每斤才十文，一角钱可得一大筐，近年来物价大涨，不知需价若干了。城外河中弥望菱荡，唯中间留一条水路，供船只往来，秋深水长风起，菱科漂浮荡外，则为“散荡”，行舟可以任意采取残留菱角，或并摘菱科之嫩者，携归作菹食。明李日华在《味水轩日记》卷二（万历三十八年即1610）记途中窃菱事，颇有趣味，抄录于左：

“九月九日，由谢村取余杭道，曲溪浅渚，被水皆菱角，有深浅红及惨碧三色，舟行掬手可取而不设塍堑，僻地俗淳此亦可见。余坐篷底阅所携《康乐集》，遇一秀句则引一酹，酒渴思解，奴子康素工掠食，偶命之，甚资咀嚼，平生耻为不义，此其愧心者也。”

水红菱只可生食，虽然也有人把他拿去作蔬。秋日择嫩菱瀹熟，去涩衣，加酒酱油及花椒，名“醉大菱”，为极好的下酒物（俗名过酒坯），阴历八月三日灶君生日，各家供素菜，例有此品，几成为不文之律。水红菱形甚纤艳，故俗以喻女子的小脚，虽然我们现在看去，或者觉得有点唐突菱角，但是闻水红菱之名而“颇涉遐想”者恐在此刻也仍不乏其人罢？

写《菱角》既了，问疑古君讨回范寅的《越谚》来一查，见卷中“大菱”一条说得颇详细，补抄在这里，可以纠正我的好些错误。甚矣我的关于故乡的知识之不很可靠也！

“老菱装篰，日浇，去皮，冬食，曰‘酱大菱’。老菱脱蒂沉湖底，明春抽芽，搀起，曰‘搀芽大菱’，其壳乌，又名‘乌大菱’。肉烂壳浮，曰‘氽起乌大菱’，越以讥无用人。搀菱肉黄，剥卖，曰‘黄菱肉’。老菱晾干，曰‘风大菱’。嫩菱煮坏，曰‘烂勃七’。”

吃菜

偶然看书讲到民间邪教的地方，总常有吃菜事魔等字样。吃菜大约就是素食，事魔是什么事呢？总是服侍什么魔王之类罢，我们知道希腊诸神到了基督教世界多转变为魔，那么魔有些原来也是有身分的，并不一定怎么邪曲，不过随便地事也本可不必，虽然光是吃菜未始不可以，而且说起来我也还有点赞成。本来草的茎叶根实只要无毒都可以吃，又因为有维他命某，不但充饥还可养生，这是普通人所熟知的，至于专门地或有宗旨地吃，那便有点儿不同，仿佛是一种主义，现在我所想要说的就是这种吃菜主义。

吃菜主义似乎可以分作两类。第一类是道德的。这派的人并不是不吃肉，只是多吃菜，其原因大约是由于崇尚素朴清淡的生活。孔子云，“饭疏食，饮水，曲肱而枕之，乐亦在其中矣。”可以说是这派的祖师。《南齐书·周颙传》云，“颙清贫寡欲，终日长蔬食。文惠太子问颙菜食何味最胜，颙曰，春初早韭，秋末晚菘。”黄山谷题画菜云，“不可使士大夫不知此味，不可使天下之民有此色。”——当作文章来看实在不很高明，大有帖括的意味，但如算作这派提倡咬菜根的标语却是颇得要领的。李笠翁在《闲情偶寄》卷五说：

“声音之道，丝不如竹，竹不如肉，为其渐近自然，吾谓饮食之道，脍不如肉，肉不如蔬，亦以其渐近自然也。草衣木食，上古之风，人能疏远肥腻，食蔬蕨而甘之，腹中菜园不使羊来踏破，是犹作羲皇之民，鼓唐虞之腹，与崇尚古玩同一致也。所怪于世者，弃美名不居，而故异端其说，谓佛法如是，是则谬矣。吾辑《饮馔》一卷，后肉食而首蔬菜，一以崇俭，一以复古，至重宰割而惜生命，又其念兹在兹而不忍或忘者矣。”笠翁照例有他的妙语，这里也是如此，说得很是清脆，虽然照文化史上讲来吃肉该在吃菜之先，不过笠翁不及知道，而且他又那里会来斤斤地考究这些事情呢。

吃菜主义之二是宗教的，普通多是根据佛法，即笠翁所谓异端其说者也。我觉得这两类显有不同之点，其一吃菜只是吃菜，其二吃菜乃是不食肉，笠翁上文说得蛮好，而下面所说念兹在兹的却又混到这边来，不免与佛法发生纠葛了。小乘律有杀戒而不戒食肉，盖杀生而食已在戒中，唯自死鸟残等肉仍在不禁之列，至大乘律始明定食肉戒，如《梵网经》菩萨戒中所举，其辞曰：

“若佛子故食肉，——一切众生肉不得食：夫食肉者断大慈悲佛性种子，一切众生见而舍去。是故一切菩萨不得食一切众生肉，食肉得无量罪，——若故食者，犯轻垢罪。”贤首疏云，“轻垢者，简前重戒，是以名轻，简异无犯，故亦名垢。又释，渎污清净行名垢，礼非重过称轻。”因为这里没有把杀生算在内，所以算是轻戒，但话虽如此，据《目莲问罪报经》所说，犯突吉罗众学戒罪，如四天王寿，五百岁堕泥犁中，于人间数九百千岁，此堕等活地狱，人间五十年为天一昼夜，可见还是不得了也。

我读《旧约·利未记》，再看大小乘律，觉得其中所说的话要合理得多，而上边食肉戒的措辞我尤为喜欢，实在明智通达，古今莫及。《入楞伽经》所论虽然详细，但仍多为粗恶凡人说法，道世在《诸经要集》中《酒肉部》所述亦复如是，不要说别人了。后来讲戒杀的大抵偏重因果一端，写得较好的还是莲池的《放生文》和周安士的《万善先资》，文字还有可取，其次《好生救劫编》《卫生集》等，自郐以下更可以不论，里边的意思总都是人吃了虾米再变虾米去还吃这一套，虽然也好玩，难免是幼稚了。我以为菜食是为了不食肉，不食肉是为了不杀生，这是对的，再说为什么不杀生，那么这个解释我想还是说不欲断大慈悲佛性种子最为得体，别的总说得支离。众生有一人不得度的时候自己决不先得度，这固然是大乘菩萨的弘愿，但凡夫到了中年，往往会看轻自己的生命而尊重人家的，并不是怎么奇特的现象。难道肉体渐近老衰，精神也就与宗教接近么？未必然，这种态度有的从宗教出，有的也会从唯物论出的。或者有人疑心唯物论者一定是主张强食弱肉的，却不知道也可以成为大慈悲宗，好像是《安士全书》信者，所不同的他是本于理性，没有人吃虾米那些律例而已。

据我看来，吃菜亦复佳，但也以中庸为妙，赤米白盐绿葵紫蓼之外，偶然也不妨少进三净肉，如要讲净素已不容易，再要彻底便有碰壁的危险。《南齐书·孝义传》纪江泌事，说他“食菜不食心，以其有生意也”，觉得这件事很有风趣，但是离彻底总还远呢。英国柏忒勒（Samuel Butler）所著《有何无之乡游记》（*Erewhon*）中第二十六七章叙述一件很妙的故事，前章题曰《动物权》，说古代有哲人主张动物的生存权，人民实行菜食，当初许可吃牛乳鸡蛋，后来觉得挤牛乳有损于小牛，鸡蛋也是一条可能的生命，所以都禁了，但陈鸡蛋还勉强可以使用，只要经过检查，证明确已陈年臭坏了，贴上一张“三个月以前所生”的查票，就可发卖。次章题曰《植物权》，已是六七百年过后的事了，那时又出了一个哲学家，他用实验证明植物也同动物一样地有生命，所以也不能吃，据他的意思，人可以吃的只有那些自死的植物，例如落在地上将要腐烂的果子，或在深秋变黄了的菜叶。他说只有这些同样的废物人们可以吃了于心无愧。“即使如此，吃的人还应该把所吃的苹果或梨的核，杏核，樱桃核及其他，都种在土里，不然他就将犯了堕胎之罪。至于五谷，据他说那是全然不成，因为每颗谷都有一个灵魂像人一样，他也自有其同样地要求安全之权利。”结果是大家不能不承认他的理论，但是又苦于难以实行，逼得没法了便索性开了荤，仍旧吃起猪排牛排来了。这是讽刺小说的活，我们不必认真，然而天下事却也有偶然暗合的，如《文殊师利问经》云：

“若为己杀，不得啖。若肉林中已自腐烂，欲食得食。若欲啖肉者，当说此咒：如是，无我无我，无寿命无寿命，失失，烧烧，破破，有为，除杀去。此咒三说，乃得啖肉，饭亦不食。何以故？若思惟饭不应食，何况当啖肉。”这个吃肉林中腐肉的办法岂不与陈鸡蛋很相像，那么烂果子黄菜叶也并不一定是无理，实在也只是比不食菜心更彻底一点罢了。

二十年十一月十八日　于北平

关于苦茶

去年春天偶然做了两首打油诗，不意在上海引起了一点风波，大约可以与今年所谓中国本位的文化宣言相比，不过有这差别，前者大家以为是亡国之音，后者则是国家将兴必有祯祥罢了。此外也有人把打油诗拿来当做历史传记读，如字的加以检讨，或者说玩古董那必然有些钟鼎书画吧，或者又相信我专喜谈鬼，差不多是蒲留仙一流人。这些看法都并无什么用意，也于名誉无损，用不着声明更正，不过与事实相远这一节总是可以奉告的。其次有一件相像的事，但是却颇愉快的，一位友人因为记起吃苦茶的那句话，顺便买了一包特种的茶叶拿来送我。这是我很熟的一个朋友，我感谢他的好意，可是这茶实在太苦，我终于没有能够多吃。

据朋友说这叫做苦丁茶。我去查书，只在日本书上查到一点，云系山茶科的常绿灌木，干粗，叶亦大，长至三四寸，晚秋叶腋开白花，自生山地间，日本名曰唐茶（Tocha），一名龟甲茶，汉名皋芦，亦云苦丁。赵学敏《本草拾遗》卷六云：

“角刺茶，出徽州。土人二三月采茶时兼采十大功劳叶，俗名老鼠刺，叶曰苦丁，和匀同炒，焙成茶，货与尼庵，转售富家妇女，云妇人服之终身不孕，为断产第一妙药也。每斤银八钱。”按十大功劳与老鼠刺均系五加皮树的别名，属于五加科，又是落叶灌木，虽亦有苦丁之名，可以制茶，似与上文所说不是一物，况且友人也不说这茶喝了可以节育的。再查类书关于皋芦却有几条，《广州记》云：

“皋芦，茗之别名，叶大而涩，南人以为饮。”

又《茶经》有类似的话云：

“南方有瓜芦木，亦似茗，至苦涩，取为屑茶饮，亦可通夜不眠。”

《南越志》则云：

“茗苦涩，亦谓之过罗。”

此木盖出于南方，不见经传，皋芦云云本系土俗名，各书记录其音耳。但这是怎样的一种植物呢，书上都未说及，我只好从茶壶里去拿出一片叶子来，仿佛制腊叶似的弄得干燥平直了，仔细看时，我认得这乃是故乡常种的一种坟头树，方言称作枸朴树的就是，叶长二寸，宽一寸二分，边有细锯齿，其形状的确有点像龟壳。原来这可以泡茶吃的，虽然味太苦涩，不但我不能多吃，便是且将就斋主人也只喝了两口，要求泡别的茶吃了。但是我很觉得有兴趣，不知道在白菊花以外还有些什么叶子可以当茶？《毛诗草木鸟兽虫鱼疏》“山有栲”一条下云：

“山樗生山中，与下田樗大略无异，叶似差狭耳，吴人以其叶为茗。”

《五杂俎》卷十一云：

“以绿豆微炒，投沸汤中倾之，其色正绿，香味亦不减新茗，宿村中觅茗不得者可以此代。”此与现今炒黑豆作咖啡正是一样。

又云：

“北方柳芽初茁者采之入汤，云其味胜茶。曲阜孔林楷木其芽可烹。闽中佛手柑橄榄为汤，饮之清香，色味亦旗枪之亚也。”

卷十记孔林楷木条下云：

“其芽香苦，可烹以代茗，亦可干而茹之，即俗云黄连头。”

孔林吾未得瞻仰，不知楷木为何如树，惟黄连头则少时尝茹之，且颇喜欢吃，以为有福建橄榄豉之风味也。关于以木芽代茶，《湖雅》卷二亦有二则云：

“桑芽茶，案山中有木俗名新桑荑，采嫩芽可代茗，非蚕所食之桑也。”

“柳芽条，案柳芽亦采以代茗，嫩碧可爱，有色而五香味。”汪谢城此处所说与谢在杭不同，但不佞却有点左袒汪君，因为其味胜茶的说法觉得不大靠得住也。

许多东西都可以代茶，咖啡等洋货还在其外，可是我只感到好玩，有这些花样，至于我自己还只觉得茶好，而且茶也以绿的为限，红茶以至香片嫌其近于咖啡，这也别无多大道理，单因为从小在家里吃惯本山茶叶耳。口渴了要喝水，水里照例泡进茶叶去，吃惯了就成了规矩，如此而已。对于茶有什么特别了解，赏识，哲学或主义么？这未必然。一定喜欢苦茶，非苦的不喝么？这也未必然。那么为什么诗里那么说，为什么又叫做庵名，岂不是假话么？那也未必然。今世虽不出家亦不打诳语。必要说明，还是去小学上找罢。吾友沈兼士先生有诗为证，题曰《又和一首自调》，此系后半首也：

端透于今变澄澈
鱼模自古读歌麻
眼前一例君须记
茶苦原来即苦茶

结缘豆

范寅《越谚》卷中“风俗门”云：

“结缘，各寺庙佛生日散钱与丐，送饼与人，名此。”

敦崇《燕京岁时记》有“舍缘豆”一条云：

“四月八日，都人之好善者取青黄豆数升，宣佛号而拈之，拈毕煮熟，散之市人，谓之舍缘豆，预结来世缘也。谨按《日下旧闻考》，京师僧人念佛号者辄以豆记其数，至四月八日佛诞生之辰，煮豆微撒以盐，邀人于路请食之以为结缘，今尚沿其旧也。”

刘玉书《常谈》卷一云：

“都南北多名刹，春夏之交，士女云集，寺僧之青头白面而年少者着鲜衣华屦，托朱漆盘，贮五色香花豆，蹀躞于妇女襟袖之间以献之，名曰结缘，妇女亦多嬉取者。适一僧至少妇前奉之甚殷，妇慨然大言曰，良家妇不愿与寺僧结缘。左右皆失笑，群妇赧然缩手而退。”

就上边所引的话看来，这结缘的风俗在南北都有，虽然情形略有不同。小时候在会稽家中常吃到很小的小烧饼，说是结缘分来的，范啸风所说的饼就是这个。这种小烧饼与“洞里火烧”的烧饼不同，大约直径一寸高约五分，馅用椒盐，以小皋步的为最有名，平常二文钱一个，底有两个窟窿，结缘用的只有一孔，还要小得多，恐怕还不到一文钱吧. 北京用豆，再加上念佛，觉得很有意思，不过二十年来不曾见过有人拿了盐煮豆沿路邀吃，也不听说浴佛日寺庙中有此种情事，或者现已废止亦未可知，至于小烧饼如何，则我因离乡里已久不能知道，据我推想或尚在分送，盖主其事者多系老太婆们，而老太婆者乃是天下之最有闲而富于保守性者也。

结缘的意义何在？大约是从佛教进来以后，中国人很看重缘，有时候还至于说得很有点神秘，几乎近于命数。如俗语云，有缘千里来相会，无缘对面不相逢，又小说中狐鬼往来，末了必云缘尽矣，乃去。敦礼臣所云预结来世缘，即是此意。其实说得浅淡一点，或更有意思，例如唐伯虎之三笑，才是很好的缘，不必于冥冥中去找红绳缚脚也。我很喜欢佛教里的两个字，曰业曰缘，觉得颇能说明人世间的许多事情，仿佛与遗传及环境相似，却更带一点儿诗意。

日本无名氏诗句云：

“虫呵虫呵，难道你叫着，业便会尽了么？”

这业的观念太是冷而且沉重，我平常笑禅宗和尚那么超脱，却还挂念腊月二十八，觉得生死事大也不必那么操心，可是听见知了在树上喳喳地叫，不禁心里发沉，真感得这件事恐怕非是涅槃是没有救的了。缘的意思便比较的温和得多，虽不是三笑那么圆满也总是有人情的，即使如库普林在《晚间的来客》所说，偶然在路上看见一只黑眼睛，以至梦想颠倒，究竟逃不出是春叫猫儿猫叫春的圈套，却也还好玩些。此所以人家虽怕造业而不惜作缘欤？若结缘者又买烧饼煮黄豆，逢人便邀，则更十分积极矣，我觉得很有兴趣者盖以此故也。

为什么这样的要结缘的呢？我想，这或者由于不安于孤寂的缘故吧。富贵子嗣是大众的愿望，不过这都有地方可以去求，如财神送子娘娘等处，然而此外还有一种苦痛却无法解除，即是上文所说的人生的孤寂。孔子曾说过，鸟兽不可与同群，吾非斯人之徒而谁与。人是喜群的，但他往往在人群中感到不可堪的寂寞，有如在庙会时挤在潮水般的人丛里，特别像是一片树叶，与一切绝缘而孤立着。念佛号的老公公老婆婆也不会不感到，或者比平常人还要深切吧，想用什么仪式来施行祓除，列位莫笑他们这几颗豆或小烧饼，有点近似小孩们的“办人家”，实在却是圣餐的面包蒲陶酒似的一种象征，很寄存着深重的情意呢。我们的确彼此太缺少缘分，假如可能实有多结之必要，因此我对于那些好善者着实同情，而且大有加入的意思，虽然青头白面的和尚我与刘青园同样的讨厌，觉得不必与他们去结缘，而朱漆盘中的五色香花豆盖亦本来不是献给我辈者也。

我现在去念佛拈豆，这自然是可以不必了，姑且以小文章代之耳。我写文章，平常自己怀疑，这是为什么的：为公乎，为私乎？一时也有点说不上来。

钱振锽《名山小言》卷七有一节云：

“文章有为我兼爱之不同。为我者只取我自家明白，虽无第二人解，亦何伤哉，老子古简，庄生诡诞，皆是也。兼爱者必使我一人之心共喻于天下，语不尽不止，孟子详明，墨子重复，是也。《论语》多弟子所记，故语意亦简，孔子诲人不倦，其语必不止此。或怪孔明文采不艳而过于丁宁周至，陈寿以为亮所与言尽众人凡士云云，要之皆文之近于兼爱者也。诗亦有之，王孟闲适，意取含蓄，乐天讽喻，不妨尽言。”

这一节话说得很好，可是想拿来应用却不很容易，我自己写文章是属于那一派的呢？说兼爱固然够不上，为我也未必然，似乎这里有点儿缠夹，而结缘的豆乃仿佛似之，岂不奇哉。写文章本来是为自己，但他同时要一个看的对手，这就不能完全与人无关系，盖写文章即是不甘寂寞，无论怎样写得难懂意识里也总期待有第二人读，不过对于他没有过大的要求，即不必要他来做喽啰而已。煮豆微撒以盐而给人吃之，岂必要索厚偿，来生以百豆报我，但只愿有此微末情分，相见时好生看待，不至伥伥来去耳。古人往矣，身后名亦复何足道，唯留存二三佳作，使今人读之欣然有同感，斯已足矣，今人之所能留赠后人者亦止此，此均是豆也。几颗豆豆，吃过忘记未为不可，能略为记得，无论转化作何形状，都是好的，我想这恐怕是文艺的一点效力，他只是结点缘罢了。我却觉得很是满足，此外不能有所希求，而且过此也就有点不大妥当，假如想以文艺为手段去达别的目的，那又是和尚之流矣，夫求女人的爱亦自有道，何为舍正路而不由，乃托一盘豆以图之，此则深为不佞所不能赞同者耳。

廿五年九月八日　在北平

卖糖

崔晓林著《念堂诗话》卷二中有一则云：

“《日知录》谓古卖糖者吹箫，今鸣金。予考徐青长诗，敲锣卖夜糖，是明则卖饧鸣金之明证也。”案此五字见《徐文长集》卷四，所云青长当是青藤或文长之误。原诗题曰《昙阳》，凡十首，其五云：

“何事移天竺，居然在太仓。善哉听白佛，梦已熟黄粱。托钵求朝饭，敲锣卖夜糖。”所咏当系王锡爵女事，但语颇有费解处，不佞亦只能取其末句，作为夜糖之一左证而已，查范啸风著《越谚》卷中饮食类中，不见夜糖一语，即梨膏糖亦无，不禁大为失望。绍兴如无夜糖，不知小人们当更如何寂寞，盖此与炙糕二者实是儿童的恩物，无论野孩子与大家子弟都是不可缺少者也。夜糖的名义不可解，其实只是圆形的硬糖，平常亦称圆眼糖，因形似龙眼故，亦有尖角者，则称粽子糖，共有红白黄三色，每粒价一钱，若至大路口糖色店去买，每十粒只七八文即可，但此是三十年前价目，现今想必已大有更变了。梨膏糖每块须四文，寻常小孩多不敢问津，此外还有一钱可买者有茄脯与梅饼。以沙糖煮茄子，略晾干，原以斤两计，卖糖人切为适当的长条，而不能无大小，小儿多较量择取之，是为茄脯。梅饼者，黄梅与甘草同煮，连核捣烂，范为饼如新铸一分铜币大，吮食之别有风味，可与青盐梅竟爽也。卖糖者大率用担，但非是肩挑，实只一筐，俗名桥篮，上列木匣，分格盛糖，盖以玻璃，有木架交叉如交椅，置篮其上，以待顾客，行则叠架夹胁下，左臂操筐，俗语曰桥。虚左手撼一小锣，右手执木片如笏状，击之声镗镗然，此即卖糖之信号也，小儿闻之惊心动魄，殆不下于货郎之惊闺与唤娇娘焉。此锣却又与他锣不同，直径不及一尺，窄边，不系索，击时以一指抵边之内缘，与铜锣之提索及用锣槌者迥异，民间称之曰镗锣，第一字读如国音汤去声，盖形容其声如此。虽然亦是金属无疑，但小说上常见鸣金收军，则与此又截不相像，顾亭林云卖饧者今鸣金，原不能说错，若云笼统殆不能免，此则由于用古文之故，或者也不好单与顾君为难耳。

卖糕者多在下午，竹笼中生火，上置熬盘，红糖和米粉为糕，切片炙之，每片一文，亦有麻糍，大呼曰麻糍荷炙糕。荷者语助词，如萧老老公之荷荷，唯越语更带喉音，为他处所无。早上别有卖印糕者，糕上有红色吉利语，此外如蔡糖糕，茯苓糕，桂花年糕等亦具备，呼声则仅云卖糕荷，其用处似在供大人们做早点心吃，与炙糕之为小孩食品者又异。此种糕点来北京后便不能遇见，盖南方重米食，糕类以米粉为之，北方则几乎无一不面，情形臼大不相同也。

小时候吃的东西，味道不必甚佳，过后思量每多佳趣，往往不能忘记。不佞之记得糖与糕，亦正由此耳。昔年读日本原公道著《先哲丛谈》卷二有讲朱舜水的几节，其一云：

“舜水归化历年所，能和语，然及其病革也，遂复乡语，则侍人不能了解。”（原本汉文。）不佞读之怆然有感。舜水所语盖是余姚话也，不佞虽是隔县当能了知，其意亦唯不佞可解。余姚亦当有夜糖与炙糕，惜舜水不曾说及，岂以说了也无人懂之故欤。但是我又记起《陶庵梦忆》来，其中亦不谈及，则更可惜矣。廿七年二月廿五日，漫记于北平知堂。

［附记］

《越谚》不记糖色，而糕类则稍有叙述，如印糕下注云：“米粉为方形，上印彩粉文字，配馒头送喜寿礼。”又麻糍下云，“糯粉，馅乌豆沙，如饼，炙食，担卖，多吃能杀人。”末五字近于赘，盖昔曾有人赌吃麻糍，因以致死，范君遂书之以为戒，其实本不限于麻糍一物，即鸡骨头糕干如多吃亦有害也。看一地方的生活特色，食品很是重要，不但是日常饭粥，即点心以至闲食，亦均有意义，只可惜少有人注意，本乡文人以为琐屑不足道，外路人又多轻饮食而着眼于男女，往往闹出《闲话扬州》似的事件，其实男女之事大同小异，不值得那么用心，倒还不如各种吃食尽有滋味，大可谈谈也。廿八日又记。

炒栗子

日前偶读陆祈孙的《合肥学舍札记》，卷一有“都门旧句”一则云：

“住在都门得句云，栗香前市火，菊影故园霜。卖炒栗时人家方莳菊，往来花担不绝，自谓写景物如画。后见蔡浣霞銮扬诗，亦有栗香前市火，杉影后门钟之句，未知孰胜。”

将北京的炒栗子做进诗里去，倒是颇有趣味的事。我想芗婴居士文昭诗中常咏市井景物，当必有好些材料，可惜《紫幢轩集》没有买到，所有的虽然是有“堂堂堂”藏印的书，可是只得《画屏斋稿》等三种，在《艾集》下卷找到“时果”三章，其二是“栗”云：

“风戾可充冬，食新先用炒。手剥下夜茶，饤柈妃红枣。北路虽上番，不如东路好。”

居士毕竟是不凡，这首诗写得很有风趣，非寻常咏物诗之比，我很觉得喜欢，虽然自己知道诗是我所不大懂的。说到炒栗，自然第一联想到的是放翁的《笔记》，但是我又记起清朝还有些人说过，便就近先从赵云松的《陔馀丛考》查起，在卷三十三里找到“京师炒栗”一条，其文云：

“今京师炒栗最佳，四方皆不能及。按宋人小说，汴京李和炒栗名闻四方，绍兴中陈长卿及钱恺使金，至燕山，忽有人持炒栗十枚来献，自白曰，汴京李和儿也，挥涕而去。盖金破汴后流转于燕，仍以炒栗世其业耳，然则今京师炒栗是其遗法耶。”

这里所说似乎有点不大可靠，如炒栗十枚便太少，不像是实有的事。其次在郝兰皋的《晒书堂笔录》卷四有“炒栗”一则云：

“栗生啖之益人，而新者微觉寡味，干取食之则味佳矣，苏子由服栗法亦是取其极干者耳。然市肆皆传炒栗法。余幼时自塾晚归，闻街头唤炒栗声，舌本流津，买之盈袖，恣意咀嚼。其栗殊小而壳薄，中实充满，炒用糖膏则壳极柔脆，手微剥之，壳肉易离而皮膜不黏，意甚快也。及来京师，见市肆门外置柴锅，一人向火，一人坐高凳子上，操长柄铁勺频搅之令匀遍。其栗稍大，而炒制之法，和以濡糖，藉以粗沙，亦如余幼时所见，而甜美过之。都市炫鬻，相染成风，盘饤间称佳味矣。偶读《老学庵笔记》二，言故都李和炒栗名闻四方，他人百计效之，终不可及。绍兴中陈福公及钱上阁出使虏庭，至燕山忽有两人持炒栗各十裹来献，三节人亦人得一裹，自赞曰李和儿也。挥涕而去。惜其法竟不传，放翁虽著记而不能究言其详也。”

所谓宋人小说，盖即是《老学庵笔记》，十枚亦可知是十裹之误。郝君的是有情趣的人，学者而兼有诗人的意味，故所记特别有意思，如写炒栗之特色，炒时的情状，均简明可喜，《晒书堂笔录》中可取处甚多，此其一例耳。糖炒栗子法在中国殆已普遍，李和家想必特别佳妙，赵君以为京师市肆传其遗法恐未必然。绍兴亦有此种炒栗，平常系水果店兼营，与北京之多由干果铺制售者不同。案孟元老著《东京梦华录》卷八，“立秋”项下说及李和云：

“鸡头上市，则梁门里李和家最盛。士庶买之，一裹十文，以小新荷叶包，糁以麝香，红小索儿系之。卖者虽多，不及李和一色拣银皮子嫩者货之。”

李李村著《汴宋竹枝词》百首，曾咏其事云：

“明珠的的价难酬，昨夜南风黄嘴浮。似向胸前解罗被，碧荷叶裹嫩鸡头。”这样看来，那么李和家原来岂不也就是一爿鲜果铺么?

放翁的笔记原文已见前引《晒书堂笔录》中，兹不再抄。三年前的冬天偶食炒栗，记起放翁来，陆续写二绝句，致其怀念，时已近岁除矣，其词云：

“燕山柳色太凄迷，话到家园一泪垂。长向行人供炒栗，伤心最是李和儿。”

“家祭年年总是虚，乃翁心愿竟何如。故园未毁不归去，怕出偏门过鲁墟。”先祖母孙太君家在偏门外，与快阁比邻，蒋太君家鲁墟，即放翁诗所云“轻帆过鲁墟”者是也。案《嘉泰会稽志》卷十七草部，“荷”下有云：

“出偏门至三山多白莲，出三江门至梅山多红莲。夏夜香风率一二十里不绝，非尘境也，而游者多以昼,故不尽知。”

出偏门至三山，不佞儿时往鲁墟去，正是走这条道，但未曾见过莲花，盖田中只是稻，水中亦惟有大菱茭白，即鸡头子也少有人种植。近来更有二十年以上不曾看见，不知是什么形状矣。

廿九年三月二十日

带皮羊肉

在家乡吃羊肉都带皮，与猪肉同，阅《癸巳存稿》，卷十中有云：

“羊皮为裘，本不应入烹调。《钓矶立谈》云，韩熙载使中原，中原人问江南何故不食剥皮羊，熙载曰，地产罗纨故也。乃通达之言。”

因此知江南在五代时便已吃带皮羊肉矣。大抵南方羊皮不适于为裘，不如剃毛作毡，以皮入馔，猪皮或有不喜啖者，羊皮则颇甘脆，凡吃得羊肉者当无不食也。北京食羊有种种制法，若前门内月盛斋之酱羊肉，又为名物，惟鄙人至今尚不忘故乡之羊肉粥，终以为蒸羊最有风味耳。

羊肉粥制法，用钱十二文买羊肉一包，去包裹的鲜荷叶，放大碗内，再就粥摊买粥三文倒入，下盐，趁热食之，如用自家煨粥更佳。吾乡羊肉店只卖蒸羊，即此间所谓汤羊，如欲得生肉，须先期约定，乡俗必用萝卜红烧，并无别的吃法．云萝卜可以去膻，但店头的熟羊肉却亦并无膻味。北京有卖蒸羊者，乃是五香蒸羊肉，并非是白煮者也。

杨梅

《嘉泰会稽志》卷十七杨梅一条云："方杨梅盛出时，好事者多以小舫往游，因置酒舟中，高飣杨梅，与樽罍相间，足为奇观。妇女以簪髻上，丹实绿叶繁丽可爱。又以雀眼竹筥盛贮为遗，道路相望不绝，识者以为唐人所称荔支筐，不过如此。"小时候常闻人说杨梅山，终未能一到，但到者亦只是饱吃杨梅而已，未必置酒灯果，至于妇女簪杨梅者更无有矣。装篮馈遗，此风至今未泯，儿童最为欢喜，胜于送西瓜也。

不佞去乡久，对唯独杨梅觉得无可替代，每见草莓即洋莓上市，辄忆及之。杨梅生食固佳，浸烧酒中一日，啖之亦向有风味，浸久则味在酒中，即普通所谓杨梅烧，乃是酒而非果矣。

吾乡烧酒其强烈自逊于北方之白干，但别有香气，尝得茅台酒饮之，其气味亦相似，想亦宜于浸杨梅，若白干则未必可用，此盖有类燕赵勇士，力气有余而少韵致。洋洲不知何如，窃意如以好勃兰地酒浸杨梅，经一宿食之，味必不恶，惜无从试之也。

记盐豆

《乡言解颐》卷三《人部·食工》一篇中，记孙功臣子科烹调之技有云：“其所作羹汤清而腴，其有味能使之出者乎？所制盐豆数枚可下酒半壶，其无味能使之入者乎？”有味者使之出二语，李瓮斋云出于《随园食单》，所说殊妙，此理亦可通于作文章，古今各派大抵此二法足以尽之矣。但是孙科的盐豆却更令人不能忘记。小时候在故乡酒店常以一文钱买一包鸡肫豆，用细草纸包作纤足状，内有豆可二十枚，乃是黄豆盐煮漉干，软硬得中，自有风味。此未知于孙豆何如，及今思之，似亦非是凡品，其实只是平常的酒店倌所煮者耳。至于下酒，这乃是大小户的问题。尝善闻饮者取花生仁掰为两半，去心，再拈半片咬一口细吃，当可吃三四口，所下去的酒亦不在少数矣。若是下户，则恃食物送酒下咽，有如昔时小儿喝汤药之吮冰糖，那时无论怎样的好盐豆也禁不起吃了。同日所记。

臭豆腐

近日百物昂贵，手捏三四百元出门，买不到什么小菜。四百元只够买一块酱豆腐，而豆腐一块也要百元以上，加上盐和香油生吃，既不经吃也不便宜，这时候只有买臭豆腐最是上算了。这只要百元一块，味道颇好，可以杀饭，却又不能多吃，大概半块便可下一顿饭，这不是很经济的么。

这一类的食品在我们的乡下出产很多，豆腐做的是霉豆腐，分红霉豆腐臭霉豆腐两种，另有霉千张，霉苋菜梗，霉菜头，这些乃是家里自制的。外边改称酱豆腐臭豆腐，这也没有什么关系，但本地别有一种臭豆腐，用油炸了吃的，所以在乡下人看来，这名称是有点缠夹的了。更有意思的是，乡下所制干菜，有白菜干油菜干倒督菜之分，外边则统称之为霉干菜，干菜本不霉而称之曰霉，豆腐事实上是霉过的而不称为霉，在乡下人听了是很有点儿别扭的。

豆腐据说是淮南遗制，历史甚长，够得上说是中国文明的特产，现代科学盛称大豆的营养价值，所以这是名实相符的国粹。他的制品又是种类很多，豆腐，油豆腐，豆腐干，豆腐皮，千张，豆腐渣，此外还有豆腐浆和豆面包，做起菜来各具风味，并不单调，如用豆腐店的出品做成十碗菜，一定是比沙锅居的全猪席要好得多的。中国人民所吃的小菜，一半是白菜萝卜，一半是豆腐制品，淮南的流泽实是孔长了。还有一件事想起来也很好玩的，便是西洋人永不会得吃豆腐，我们想象用了豆腐干油豆腐去做大菜，能够做出什么东西来，巴黎的豆腐公司之失败，也就是一个证明了。

吃豆腐

好几年前在上海，才听到“吃豆腐”这句话，在北京是一直没有听见过的。我们的乡下别有一句“吃大豆腐”，那是指办丧事时的素菜，所以是死的替代词。不管这些俗语的含义如何，豆腐这东西实在是很好吃的。就乡下的经验来说，豆腐顶好是炖豆腐，丧事时的大豆腐其实也即是这个，不过平时不那么叫，只是直称炖豆腐而已。

光绪年间，有近亲在大寺里打水陆道场，我去看了几天，别的多忘了，只记得有一天看和尚吃午饭，长板桌长板凳，排坐着许多和尚，合掌在念经，各人面前放着一大碗饭，一大碗萝卜炖豆腐，看去觉得十分好吃的。这是我对于豆腐一个不能忘记的印象，虽然家里做的原来也是一样的好吃，将豆腐先煮一过，加上笋干香菇，透味炖成，风味甚佳，有些老太太能吃长素，我颇疑心大半是因为有这一碗菜，而霉货与干菜也是一半的原因。

此外有溜豆腐，这里我姑且用溜黄菜的溜字，与醋溜鱼意义很不相同，此字应当从手从柳声才行，可惜没法子写。制法是把豆腐放入小钵头内，用竹筷六七只并作一起用力溜之，即是拿筷子急速画圈，等豆腐全化了，研盐种为末加入，在饭锅上蒸熟。盐种或称盐奶，云是烧盐时泡沫结成，后来不知何故甚不易得，或以竹叶包盐火烧代用，却不很佳。这与盐不同，微有涩味，即其特色。溜豆腐新成者也可以吃，但以老为佳，多蒸几回其味更加厚，即此一点亦甚适于穷人之用，价廉味美，往往一大碗可以吃上好几天，早晚有这些在桌上，正如东坡所说，亦何必要吃鸡豚也。

咬菜根

古人有一句话："咬得菜根，则百事可做。"这话很有名，也实在有理，别无什么问题。我这里所要说的，只是这菜根是些什么。照字面上说来，那自然是菜的根，我们在乡下有白菜的白菜头，芥菜有芥菜头，油菜是没有的，这可以鲜的煮了吃，也可以霉，更有滋味。但是这些一时的东西，不能长久的吃，至多可以搁上五七天罢了，所以经常所咬的菜根，应当还有别的物事，推想起来，大概是白菜类的萝卜和芥菜类的蔓菁吧？（这里所谓类，虽然根据李时珍，却是外行人的看法，不可以植物学相绳。）这些的根是大可以吃得的，尤其腌了久藏不坏，他的用处实在很大。萝卜的盐制品我是百吃不厌的，这自然有条件，要我的牙齿还好的时候。南京于萝卜头之外有萝卜鲞，我尤其喜欢，虽然前清时在学校咬了五六年，可是感情还是不恶。后来得见福州的黄土萝卜，也是极好，只可惜远在华南不可常得。蔓菁的根乡下叫做芥辣头，南货店中供给五香酱制的黑色的一种，但北方还有一种盐渍白色的，名曰水疙瘩，黑色的则名曰酱疙瘩，以个人的经验来说，水疙瘩更为有味，大抵用盐的肴馔总比酱油好吃。这之外假如再能有酱生姜、醋浸蒜头这些别一类的东西搭配，那么这菜根席已很丰满，我相信大家都可以咬得来吧？

绍兴酒

说到“绍兴酒”，我以绍兴人的资格，不免假充内行人，来说几句关于老酒的话，不过这里内行也很有限制，因为我既不能喝，又不会得做，所以实在也只是道听途说的话而已。

做老酒的技巧，恐怕这并不只限定于老酒的一种，凡做酒都是一样，在于审定煮酒的时候，早了没有熟，迟了酒就要酸了。这决定便完全掌握在技师的手里。乡下人称这种技师为“酒头工”，做酒的人家出重资，路远迢迢的来聘人前去，专门鉴定酒熟了应该煮的时候。这酒头工的手段有高下，附带的条件是要他自己不吃老酒。做酒的地方去吃点老酒并不花费什么，这不打紧，要紧的是怕他醉了，耳朵听不清楚，误了大事，糟蹋了一缸酒倒不是玩的。据说酒头工无他巧妙，只是像一个贼似的轻轻在缸外巡行，听缸里气泡切切作声，听到了某一种声音，知道酒是成熟了，便立刻命令去煮。他的本领全在这一点，承收“包银”，享受技师的待遇，这在科学不发达的时代，只能凭个人的经验，以后恐怕有科学方法可用了。现在公私合营以来，“酒头工”成为一种技工，情形已有不同，但这听酒的方法大概还是照旧，未曾被科学的机械所取而代之吧。

关于吃酒，我也想来几句假内行话，因为我有心吃酒，却是没有实力喝多少的一个人。但是我的话有些也有根据，我是依据能喝酒的人说的，便是酒的“品”是甜最下，苦次之，酸要算顶好，酒有点酸味还不妨其为好酒，至于甜那要算是恶酒了。

沈永和酒厂在民国初年始创善酿酒，是一种“酒做酒”，很是有名，但是缺点是“甜”，不为好酒家所欢迎。近来报上发表新品种，大抵都是用老酒底子，做成甜酒，不是米酒的正宗，而是果酒和露酒了。甜酒的好处是好吃，而不能多吃，坏处则是醉了不好受。善酿酒便是这样，它的名誉一方面也就是它的不名誉。爱喝善酿酒的不是真喝酒的，所以得他们欢迎，却与推销方面不能发挥什么作用，是没有多大效力得。我有一个同乡，他善能吃酒，因为酒量极大，每回起码要喝一斤，此时感觉吃不起，结果以泸州大曲代之。他对于绍兴酒有一种感概，说好酒不多，以后故乡得名誉差不多要依靠越剧了！对于这句话没有一分的折扣，我完全附议。

冷开水

夏天喝一杯冷水是很舒服的。可是生水喝不得，要喝必须是煮沸过的水，等冷了再喝，最好是用冰镇过的冰水，不过现在不能那么奢侈，普通人家用不起冰，也只好算了。花一点钱去喝汽水自然也好，但甜得没有意思，照我个人的意见来说，不但不宜有甜或咸味，便是薄荷青蒿金银花夏枯草以至茶叶都可以不必，顶好的还是普通的冷的白开水。这并不是狐狸的酸葡萄的说法，实在我常吃的便是这一种，不只是夏天，就是冬天三九二十七的时候也是如此，那是个人的习惯，本来是不足为训的。这个敝习惯也是一利一弊，利是自己便利，冷饭凉茶一律吃下去，吃时并不皱眉，吃后也不肚痛，弊则是串门作客，天热口干，而新泡的茶不能入口，待至半凉，一不经意，倏被殷勤的工友一下泼去，改酾热茶，狼狈返顾，已来不及矣。我好茶也喝，但没得喝也可以，只要有冷开水就好，北方没有天落水，以洋井的水代之，此又一习惯也。北京的土井水有咸味，可煮饭不可以冲茶，自来水虽卫生而有漂白粉气味，觉得不喜欢，洋井如有百尺深，则水味清甘大可用得，古时所谓甜水井甚为希有，城内才二三处，现今用铁管凿井法，甜水也就随处可得了。

吃蟹

现在并不是吃蟹的时候，这题目实在乃是看了勤孟先生的文章而引起的。我虽不是蟹迷，但蟹也是要吃的，别无什么好的吃法，只是白煮剥了壳蘸姜醋吃而已。不用自己剥的蟹羹便有点没甚意思，若是面拖蟹我更为反对，虽然小时候在戏文台下也买了点拖油炸的小蟹吃过。我反对面拖蟹，因为其吃法无聊，却并非由于蟹的腰斩之惨，因蟹虾类我们没法子杀它，只好囫囵地蒸煮。这也是一种非刑，却无从改良起。大臣腰斩血书惨字的故事我也听见过，又听说有残酷的草头王喜欢把上半身立即放在拭光的漆桌上，创口吸着，可以活上半天云。这些故事用以形容古时封建君主的凶残是可以的，若是照道理讲来大概不是事实。

腰斩是杀蟹的唯一方法，此外只有活煮了，别的贝类还可以投入沸汤，一下子就死，蟹则要只只脚立时掉下的，所以也不适用。世人因此造出一种解释，以为蟹虾螺蛤类是极恶人所转生，故受此报，有人更指定蟹是犯的大逆罪，因为小蟹要吃母蟹的。

这话自然不能相信，我们吃蟹时尚且需铁槌木砧，小蟹的钳力量几何，乃能夹开硬壳而吃老蟹之肉乎？假如要吃蟹，实在没有别的办法，面拖蟹则大可不必吃，这是我个人的意思。

“总理衙门”

勤孟先生讲宜兴沙锅的大杂烩很有意思，这比普通的一品锅更是平民化，而且用沙锅煮，比盛在铜锡器中尤其适宜，煨炖食物以陶器为最好，就是搪瓷也还不行，现时沙锅什么之流行原是不足怪的。别地方不知道，在北京大概最初流行的是沙锅豆腐，这最实惠好吃，也与沙锅相配，沙锅鸡与鱼翅未始不好，但太是阔气，当是到了大饭馆手里之后的演变了。“两江总督”的名称也很好玩，虽然不明白是什么意思。民国以前北京也有一样菜叫做“总理衙门”，不过这只是几个京官说了出来，通行于一部分的饭馆，并不怎么普遍，而且那菜也不好吃所以后来到了民国就渐渐不听见说了。这其实是蛋花汤，北京称为木樨汤的，至于意义则不难了解，即是说混蛋罢了。清末总理衙门的官是办外交事务的，本来要算是“时务”，可是实在仍是昏聩糊涂的多，在少数老新党看来还是很可气的，所以加上这个徽号，又复灯谜似的送给了无辜的木樨汤了。据我所了解，喜欢他用这名称者是钱念勈，即是玄同的老兄，发明者即使不是他，也总是他们同时的几个新外交官吧，但是从喜欢开玩笑的这一点看来，大概还是他顶有这可能。

甘蔗荸荠

一定要说水果也是家乡的好，这似乎可以不必，而且事实上未必如此，所以无须这么说，可是仔细想起来，却实在并不假，那么为什么不可以说呢。若是问绍兴有什么好水果？其实也说不出来，不过那里水果多而且质朴，换句话说就是平民的，与北京相比，这很容易明白。北京水果除杏子桃子柿子外，梨与苹果，香蕉柑橘，差不多都是贵重品，如要买一蒲包送人往往所费不贷，乡下便不一样，所谓贵有贵供，贱有贱鬻，雅梨有用纸包的，与广柑文旦同请上坐，但不很值钱的还多得很，一两角小洋不难买上一篮。甘蔗荸荠，水红菱黄菱肉，青梅黄海，金橘岩橘，各色桃李杏柿，（杨梅易坏可惜除外），有三四种便可以成为很像样的一份了。我至今不希罕苹果与梨，但对于小时候所吃的粗水果还觉得有点留恋，顶上不了台盘的黄菱肉，大抵只有起码的水果包里才有，我却是最感觉有味，因为那是代表土产品的，有如杜园瓜菜，所谓土膏露气尚未全失，比起远路来的异果自有另外的一种好处。

关于荸荠

我写了一篇文章叫做《甘蔗荸荠》，篇中却只说起一遍，便不再提，这在从前写时文的时候叫做什么的呢，总之是很犯规矩的，所以现在再来补写一篇，关于荸荠多说几句。荸荠这名字不知道怎么讲，倒也算了，英国叫做水栗子，日本叫做黑茨菇，虽有意义，但很有伧气，可以想见是不懂得吃这东西的。荸荠自然最好是生吃，嫩的皮色黑中带红，漆器中有一种名叫荸荠红的颜色，正比得恰好。这种荸荠吃起来顶好，说它怎么甜并不见得，但自有特殊的质朴新鲜的味道，与浓厚的珍果正是别一路的。乡下有时也煮了吃，与竹叶和甘蔗的节同煮，给小孩吃了说可以清火那汤甜美好吃，荸荠熟了只是容易剥皮，吃起来实在没有什么滋味了。用荸荠做菜做点心，凡是煮过了的，大抵都没有什么好吃，虽然切了片像藕片似的用糖醋渍了吃，还是没啥。此外有一种海荸荠，大概是海边植物的种子，形如小茨菇，大如花生仁，街上叫卖，一文钱一把，吃来甜中带咸，小孩们很是喜欢。甲午前后，杭州有过一家稻香村似的店，名曰野荸荠，不知何所取义，难道就是说的海荸荠么？

南北的点心

中国地大物博，风俗与土产随地各有不同，因为一直缺少人纪录，有许多值得也是应该知道的事物，我们至今不能知道清楚，特别是关于衣食住的事项。我这里只就点心这个题目，依据浅陋所知，来说几句话，希望抛砖引玉，有旅行既广，游历又多的同志们，从各方面来报道出来，对于爱乡爱国的教育，或者也不无小补吧。

我是浙江东部人，可是在北京住了将近四十年，因此南腔北调，对于南北情形都知道一点，却没有深厚的了解。据我的观察来说，中国南北两路的点心，根本性质上有一个很大的区别。简单的下一句断语，北方的点心是常食的性质，南方的则是闲食。我们只看北京人家做饺子馄饨面总是十分茁实，馅决不考究，面用芝麻酱拌，最好也只是炸酱；馒头全是实心。本来是代饭用的，只要吃饱就好，所以并不求精。若是回过来走到东安市场，往五芳斋去叫了来吃，尽管是同样名称，做法便大不一样，别说蟹黄包干，鸡肉馄饨，就是一碗三鲜汤面，也是精细鲜美的。可是有一层，这决不可能吃饱当饭，一则因为价钱比较贵，二则昔时无此习惯。

抗战以后上海也有阳春面，可以当饭了，但那是新时代的产物，在老辈看来，是不大可以为训的。我母亲如果在世，已有一百岁了，她生前便是绝对不承认点心可以当饭的，有时生点小毛病，不喜吃大米饭，随叫家里做点馄饨或面来充饥，即使一天里仍然吃过三回，她却总说今天胃口不开，因为吃不下饭去，因此可以证明那馄饨和面都不能算是饭。这种论断，虽然有点儿近于武断，但也可以说是有客观的佐证，因为南方的点心是闲食，做法也是趋于精细鲜美，不取茁实一路的。上文五芳斋固然是很好的例子，我还可以再举出南方做烙饼的方法来，更为具体，也有意思。

我们故乡是在钱塘江的东岸，那里不常吃面食，可是有烙饼这物事。这里要注意的，是烙不读作“老”字音，乃是“洛”字入声，又名为山东饼，这证明原来是模仿大饼而作的，但是烙法却大不相同了，乡间卖馄饨面和馒头都分别有专门的店铺，唯独这烙饼只有摊，而且也不是每天都有，这要等待哪里有社戏，才有几个摆在戏台附近，供看戏的人买吃，价格是每个制钱三文，计油条价二文，葱酱和饼只要一文罢了。做法是先将原本两折的油条扯开，改作三折，在熬盘上烤焦，同时在预先做好的直径约二寸，厚约一分的圆饼上，满搽红酱和辣酱，撤上葱花，卷在油条外面，再烤一下，就做成了。它的特色是油条加葱酱烤过，香辣好吃，那所谓饼只是包裹油条的东西，乃是客而非主，拿来与北方原来的大饼相比，厚大如茶盘，卷上黄酱与大葱，大嚼一张，可供一饱，这里便显出很大的不同来了。

上边所说的点心偏于面食一方面，这在北方本来不算是闲食吧。此外还有一类干点心，北京称为饽饽，这才当作闲食，大概与南方并无什么差别。但是这里也有一点不同，据我的考察，北方的点心历史古，南方的历史新，古者可能还有唐宋遗制，新的只是明朝中叶吧。点心铺招牌上有常用的两句话，我想借来用在这里，似乎也还适当，北方可以称为“官礼茶食”，南方则是“嘉湖细点”。 我们这里且来作一点烦琐的考证，可以多少明白这时代的先后。查清顾张思的《土风录》卷六，“点心”条下云：小食曰点心，见吴曾《漫录》。唐郑傪为江淮留后，家人备夫人晨馔，夫人谓其弟曰：“治妆未毕，我未及餐，尔且可点心。”俄而女仆请备夫人点心，傪诟曰：“适已点心，今何得又请！”由此可知点心古时即是晨馔。同书又引周辉《北辕录》云：“洗漱冠栉毕，点心已至。”后文说明点心中馒头馄饨包子等，可知说的是水点心，在唐朝已有此名了。茶食一名，据《土风录》云：“干点心曰茶食，见宇文懋《昭金志》：‘婿先期拜门，以酒馔往，酒三行，进大软脂小软脂，如中国寒具，又进蜜糕，人各一盘，曰茶食。’”《北辕录》云：“金国宴南使，未行酒，先设茶筵，进茶一盏，谓之茶食。”茶食是喝茶时所吃的，与小食不同，大软脂，大抵有如蜜麻花，蜜糕则明系蜜饯之类了。从文献上看来，点心与茶食两者原有区别，性质也就不同，但是后来早已混同了。本文中也就混用，那招牌上的话也只是利用现代文句，茶食与细点作同意语看，用不着再分析了。

我初到北京来的时候，随便在饽饽铺买点东西吃，觉得不大满意，曾经埋怨过这个古都市，积聚了千年以上的文化历史，怎么没有做出些好吃的点心来。老实说，北京的大八件小八件，尽管名称不同，吃起来不免单调，正和五芳斋的前例一样，东安市场内的稻香春所做的南式茶食，并不齐备，但比起来也显得花样要多些了。过去时代，皇帝向在京里，他的享受当然是很豪华的，却也并不曾创造出什么来，北海公园内旧有“仿膳”，是前清御膳房的做法，所做小点心，看来也是平常，只是做得小巧一点而已。南方茶食中有些东西，是小时候熟悉的，在北京都没有，也就感觉不满足，例如糖类的酥糖、麻片糖、寸金糖，片类的云片糕、椒桃片、松仁片，软糕类的松子糕、枣子糕、蜜仁糕、桔红糕等。此外有缠类，如松仁缠、核桃缠，乃是在干果上包糖，算是上品茶食，其实倒并不怎么好吃。南北点心粗细不同，我早已注意到了，但这是怎么一个系统，为什么有这差异？那我也没有法子去查考，因为孤陋寡闻，而且关于点心的文献，实在也不知道有什么书籍。

但是事有凑巧，不记得是哪一年，或者什么原因了，总之见到几件北京的旧式点心，平常不大碰见，样式有点别致的，这使我忽然大悟，心想这岂不是在故乡见惯的“官礼茶食”么？故乡旧式结婚后，照例要给亲戚本家分“喜果”，一种是干果，计核桃、枣子、松子、棒子，讲究的加荔枝、桂圆。又一种是干点心，记不清它的名字。查范寅《越谚》饮食门下，记有金枣和珑缠豆两种，此外我还记得有佛手酥、菊花酥和蛋黄酥等三种。这种东西，平时不通销，店铺里也不常备，要结婚人家订购才有，样子虽然不差，但材料不大考究，即使是可以吃得的佛手酥，也总不及红绫饼或梁湖月饼，所以喜果送来，只供小孩们胡乱吃一阵，大人是不去染指的。可是这类喜果却大抵与北京的一样，而且结婚时节非得使用不可。云片糕等虽是比较要好，却是决不使用的。这是什么理由？这一类点心是中国旧有的，历代相承，使用于结婚仪式。一方面时势转变，点心上发生了新品种，然而一切仪式都是守旧的，不轻易容许改变，因此即使是送人的喜果，也有一定的规矩，要定做现今市上不通行了的物品来使用。同是一类茶食，在甲地尚在通行，在乙地已出了新的品种，只留着用于“官礼”，这便是南北点心情形不同的缘因了。

上文只说得“官礼茶食”，是旧式的点心，至今流传于北方。至于南方点心的来源，那还得另行说明。“嘉湖细点”这四个字，本是招牌和仿单上的口头禅，现在正好借用过来，说明细点的起源。因为据我的了解，那时期当为前明中叶，而地点则是东吴西浙，嘉兴湖州正是代表地方。我没有文书上的资料，来证明那时吴中饮食丰盛奢华的情形，但以近代苏州饮食风靡南方的事情来作比，这里有点类似。明朝自永乐以来，政府虽是设在北京，但文化中心一直还是在江南一带。那里官绅富豪生活奢侈，茶食一类也就发达起来。就是水点心，在北方作为常食的，也改作得特别精美，成为以赏味为目的的闲食了。这南北两样的区别，在点心上存在得很久，这里固然有风俗习惯的关系，一时不易改变；但在“百花齐放”的今日，这至少该得有一种进展了吧。其实这区别不在于质而只是量的问题，换一句话即是做法的一点不同而已，我们前面说过，家庭的鸡蛋炸酱面与五芳斋的三鲜汤面，固然是一例。此外则有大块粗制的窝窝头，与“仿膳”的一碟十个的小窝窝头，也正是一样的变化。北京市上有一种爱窝窝，以江米煮饭捣烂（即是糍粑）为皮，中裹糖馅，如元宵大小。李光庭在《乡言解颐》中说明它的起源云：相传明世中官有嗜之者，因名曰御爱窝窝，今但曰爱而已。这里便是一个例证，在明清两朝里，窝窝头一件食品，便发生了两个变化了。本来常食闲食，都有一定习惯，不易轻轻更变，在各处都一样是闲食的干点心则无妨改良一点做法，做得比较精美，在人民生活水平日益提高的现在，这也未始不是切合实际的事情吧。国内各地方，都富有不少有特色的点心，就只因为地域所限，外边人不能知道，我希望将来不但有人多多报道，而且还同土产果品一样，陆续输到外边来，增加人民的口福。

羊肝饼

有一件东西，是本国出产的，被运往外国经过四五百年之久，又运了回来，却换了别一个面貌了。这在一切东西都是如此，但在吃食有偏好关系的物事，尤其显著，如有名茶点的“羊羹”，便是最好的一例。

“羊羹”这名称不见经传，一直到近时北京仿制，才出现市面上。这并不是羊肉什么做的羹，乃是一种净素的食品，系用小豆做成细馅，加糖精制而成，凝结成块，切作长物，所以实事求是，理应叫作“豆沙糖”才是正办。但是这在日本（因为这原是日本仿制的食品）一直是这样写，他们也觉得费解，加以说明，最近理的一种说法是，这种豆沙糖在中国本来叫作羊肝饼，因为饼的颜色相像，传到日本，不知因何传讹，称为羊羹了。虽然在中国查不出羊肝饼的故典，未免缺恨，不过唐朝时代的点心有哪几种，至今也实难以查清，所以最好承认，算是合理的说明了。

传授中国学问技术去日本的人，是日本的留学僧人，他们于学术之外，还把些吃食东西传过去。羊肝饼便是这些和尚带回去的食品，在公历十五六世纪“茶道”发达时代，便开始作为茶点而流行起来。在日本文化上有一种特色，便是“简单”，在一样东西上精益求精的干下来，在吃食上也有此风，于是便有一家专做羊肝饼（羊羹）的店，正如做昆布（海带）的也有专门店一样。结果是“羊羹”大大的有名，有纯粹豆沙的，这是正宗，也有加栗子的，或用柿子做的，那是旁门，不足重了。现在说起日本茶食，总第一要提出“羊羹”，不知它的祖宗是在中国，不过一时无可查考罢了。

近时在中国市场上，又查着羊肝饼的子孙，仍旧叫作“羊羹”，可是已经面目全非，——因为它已加入西洋点心的队伍里去了。它脱去了“简单”的特别衣服，换上了时髦装束，做成“奶油”、“香草”，各种果品的种类。我希望它至少还保留一种，有小豆的清香的纯豆沙的羊羹，熬得久一点，可以经久不变，却不可复得了。倒是做冰棍（上海叫棒冰）的在各式花样之中，有一种小豆的，用豆沙做成，很有点羊肝饼的意思，觉得是颇可吃得，何不利用它去制成一种可口的吃食呢。

窝窝头的历史

北方杂粮以玉米为主，玉米粉称为棒子面，亦称杂和面。因为俗称玉米为棒子，故得此名。南方人不懂，故有误解。从前的小说上，说穷苦妇女流着眼泪，把棒子面一根根往嘴里送。玉米面中掺和豆面在内，故称杂和，其实这如三七比例地掺入，就特别显得香甜，所以不算是什么粗粮，不过做成窝窝头，乃有似黑面包，普通当作穷人的食粮罢了。南方如浙东台州等处，老百姓也通常吃玉米面，却称作六谷糊。光绪丁酉年距今刚刚一周甲，我住在杭州，一个姓宋的保姆是台州人，经常带来吃，里边加上白薯，小时候倒觉得是很好吃的。普通做了饼来吃，便是所谓窝窝头，乃是做成圆锥形，而空其中，有拳头那么大，因为底下是个窝，故得是名。老百姓吃这东西，大概起源很早，历史上找不着记录，当起于有玉米的时候了。本来这些事用不着努力去找它的缘起，现在不过如偶尔找到一点记录，知道有什么时代，已经有过，那也未始不是很有意思的事吧。

窝窝头起源的历史是不可考了，但我们知道至少在明朝已经有这个名称，即是去今有三百多年的历史了。李光庭著《乡言解颐》卷五，载刘宽夫《日下七事诗》，末章中说及“爱窝窝”，小注云，“窝窝以糯米粉为之，状如元宵粉荔，中有糖馅，蒸熟外糁薄粉，上作一凹，故名窝窝。田间所食则用杂粮面为之，大或至斤许，其下一窝如臼而覆之。茶馆所制甚小，曰爱窝窝，相传明世中宫有嗜之者，因名御爱窝窝，今但曰爱而已”。照这样说，爱窝窝由于御爱窝窝的缩称，那末可见窝窝头的名称在明朝那时候已经有了。这也就是说，农民用玉米面做这种食品，用这个名称，也已经很久了。

天下事无独有偶，窝窝头的故事还有下文。北海公园有一家饭馆名叫“仿膳”，是仿御膳房的做法的意思。他们的有名食品里边，便有一种“小窝窝头”，据说是从前做来“供御”的，用栗子粉和入，现在则只以黄豆玉米粉加糖而已。所以北京市面上除真正窝窝头以外，还有两种爱窝窝与小窝窝头，留下一点历史的痕迹。“窝窝头”极是微小的东西，但不料有这么一段有意思的历史，可见在有些吃食东西上如加以考究，也一定有许多事情可以发现的。

糯米食

在《文汇报》上看到这一节记事："视察过鲁迅先生故乡绍兴的作家艾芜说，由于制酒等原因，绍兴从来就是缺粮的地方，平均每年总有三四个月的粮食要由外地支援。但是，现在绍兴已变为余粮县。"这关于故乡的好消息，是值得欢迎的，但是这里有一点误解，说缺粮的一部分原因是因为做酒，是不正确的，须有说明之必要，因为绍兴酒是用糯米做的。

我们小时候所常唱的歌谣里，有两句是绍兴人拿来讥笑醉人的话，说的很得要领，其词曰："老酒糯米做，吃得变nionio。"这末了的字我用了罗马字，因为实在写不出，写了也没有铅字。这字从双口，底下一个典韦的典字，收在《康熙字典》的补遗里，注曰"呼豕声"。这倒有点对的，但云尼迈切，与绍兴音读作尼荷切者迥不相同。绍兴话猪罗称为"nio猪"、nionio者亲爱之称也。意思酒醉的人沉醉打呼，与猪无甚区别。由此看来，老酒之用糯米所做，已无问题，从个人幼年经验来说，还曾分得做酒用的糯米团饭吃过，不过老实说来并不高明，因为糯米不甚精白，没有粽子那么好吃。至于本为做酒的团饭，为什么拿来闲吃的呢，那在当时没有问明，所以不知道了。

这里我还知道一件事实，原来那些做酒的糯米，分量着实不少，也并不是绍兴本地的出产，全是外地来的。这件事我从一个过去多年在江南这一带做地方官的朋友听来，他即使别的话靠不住，在这一点上是不会说诳的。据说做老酒的那种原料，悉由江苏溧阳运去，抗战后供应中断，影响出产。古语有云："鲁酒薄而邯郸围。"现在岂不是这话的反证么？

不过老实说来，这糯米做的老酒并不怎么引起我的乡思来，令人怀念的却是普通有的糯米食。北方点心主要是面食，南方则是米食，特别是糯米。粽子不必说了，汤团也罢，麻糍也罢，用的都是糯米粉，还有糕团铺大宗物品，也是如此。这项消耗大约也并不少，仅次于做酒吧，它的供应恐怕也依靠邻省，因为绍兴我不听说什么地方出产，走过的地方也不曾看见种有糯米，说来惭愧，实在糯米只是在米店见到过，还不见过整株的糯稻呢！满口吃着粽子，却不知道做粽子的米是怎样的，这实在是城里人的一种耻辱。

吃茶

吃茶是一个好题目，我想写一篇文章来看。平常写文章，总是先有了意思，心里组织起来，先写些什么，后写什么，腹稿粗定，随后就照着写来，写好之后再加，一题目，或标举大旨，如“逍遥游”，或只拣文章起头两个字，如“马蹄”、“秋水”，都有。有些特别是近代的文人，是有定了题目再做，英国有一个姓密棱的人便是如此，印刷所来拿稿子，想不出题目，便翻开字典来找，碰到金鱼就写一篇金鱼。这办法似乎也有意思，但那是专写随笔的文人，自有他一套本事，假如别人妄想学步，那不免画虎类狗，有如秀才之做赋得的试帖诗了。我写这一篇小文，却是预先想好了意思，随后再写它下来，还是正统的写法，不过自为觉得这题目颇好，所以跑了一点野马，当作一个引子罢了。

其实我的吃茶是够不上什么品位的，从量与质来说都够不上标准，从前东坡说饮酒饮湿，我的吃茶就和饮湿相去不远。据书上的记述，似乎古人所饮的分量都是很多，唐人所说喝过七碗觉腋下习习风生，这碗似乎不是很小的，所以六朝时人说是“水厄”。我所喝的只是一碗罢了，而且他们那时加入盐姜所煮的茶也没有尝过，不晓得是什么滋味，或者多少像是小时候所喝的伤风药午时茶吧。讲到质，我根本不讲究什么茶叶，反正就只是绿茶罢了，普通就是龙井一种，什么有名的罗岕，看都没有看见过，怎么够得上说吃茶呢？

一直从小就吃本地出产本地制造的茶叶，名字叫作本山，叶片搓成一团，不像龙井的平直，价钱很是便宜，大概好的不过一百六十文一斤吧。近年在北京这种茶叶又出现了，美其名曰平水珠茶，后来在这里又买不到，——结果仍旧是买龙井，所能买到的也是普通的种类，若是旗枪雀舌之类却是没有见过，碰运气可以在市上买到碧螺春，不过那是很难得遇见的。从前曾有一个江西的朋友，送给我好些六安的茶，又在南京一个安徽的朋友那里吃到太平猴魁，都觉得很好，但是以后不可再得了。最近一个广西的朋友，分给我几种他故乡的茶叶，有横山细茶、桂平西山茶和白毛茶各种，都很不差，味道温厚，大概是沱茶一路，有点红茶的风味。他又说西南有苦丁茶，一片很小的叶子可以泡出碧绿的茶来，只是味很苦。我曾尝过旧学生送我的所谓苦丁茶，乃是从市上买来，不是道地西南的东西，其味极苦，看泡过的叶子很大而坚厚，茶色也不绿而是赭黄，原来乃是故乡的坟头所种的狗朴树，是别一种植物。我就是不喜欢北京人所喝的“香片”，这不但香无可取，就是茶味也有说不出的一股甜熟的味道。

以上是我关于茶的经验，这怎么够得上来讲吃茶呢？但是我说这是一个好题目，便是因为我不会喝茶可是喜欢玩茶，换句话说就是爱玩耍这个题目，写过些文章，以致许多人以为我真是懂得茶的人了。日前有个在大学读书的人走来看我，说从前听老师说你怎么爱喝茶，怎么讲究，现在看了才知道是不对的。我答道："可不是吗？这是你们贵师徒上了我的文章的当。孟子有言，尽信书则不如无书。现在你从实验知道了真相，可以明白单靠文字是要上当的。"我说吃茶是好题目，便是可以容我说出上面的叙述，我只是爱耍笔头讲讲，不是捧着茶缸一碗一碗的尽喝的。

第二辑

谈龙谈虎

倘若有人说这所记的只是个人的事情，

于人生无益，我也承认，

我本来只想说个人私事，

此外别无意思。

谈“目连戏”

吾乡有一种民众戏剧，名“目连戏”，或称曰《目连救母》。每到夏天，城坊乡村醵资演戏，以敬鬼神，禳灾厉，并以自娱乐。所演之戏有徽班，乱弹高调等本地班；有“大戏”，有目连戏，末后一种为纯民众的，所演只有一出戏，即《目连救母》，所用言语系道地土话，所着服装皆极简陋陈旧，故俗称衣冠不整为“目连行头”，演戏的人皆非职业的优伶，大抵系水村的农夫，也有木工瓦匠舟子轿夫之流混杂其中，临时组织成班，到了秋风起时，便即解散，各做自己的事去了。

十六弟子之一的大目犍连在民间通称云富萝匐，据《翻译名义集》目犍连，“《净名疏》云，《文殊问经》翻‘莱茯根’，父母好食，以标子名。”可见乡下人的话也有典据，不可轻侮。富萝匐的母亲说是姓刘，所以称作“刘氏”。刘氏不信佛法，用狗肉馒首斋僧，死时被五管锐叉擒去，落了地狱，后来经目连用尽法力，力把她救出来，这本戏也就完结。计自傍晚做起，直到次日天明，虽然夏夜很短，也有八九小时，所做的便是这一件事；除首尾以外，其中十分七八，却是演一场场的滑稽事情，算是目连一路的所见，看众所最感兴味者恐怕也是这一部分。乡间的人常喜讲“殀辞”（俗云eengwc）及“冷语”（sccngwc），可以说是“目连趣味”的余流。

这些场面中有名的，有“背疯妇”，一人扮面如女子，胸前别着一老人头，饰为老翁背其病媳而行。有“泥水作打墙”，瓦匠终于把自己封进墙里去。有“□□挑水”，诉说道：

“当初说好的是十六文一担，后来不知怎样一弄，变成了一文十六担。”所以挑了一天只有三文钱的工资。有“张蛮打爹”，张蛮的爹被打，对众说道：

“从前我们打爹的时候，爹逃了就算了。现在呢，爹逃了还是追着要打！”这正是常见的“世道衰微人心不古”两句话的最妙的通俗解释。又有人走进富室厅堂里，见所挂堂幅高声念道：

“太阳出起红溯溯，

新妇瀑浴公来张。

公公唉，覅来张：

婆婆也有哼，

（Tbaayang tsebchir wungbarugbang，

Hsingvur huuyoh kong letzang；

“Kougkong yhe，forng letzang；

Borbo yar yur hang！”）

唔，‘唐伯虎题’！高雅，高雅！”

这些滑稽当然不很“高雅”，然而多是壮健的，与士流之扭捏的不同，这可以说是民众的滑稽趣味的特色。我们如从头至尾的看目连戏一遍，可以了解不少的民间趣味和思想，这虽然是原始的为多，但实在是国民性的一斑，在我们的趣味思想上并不是绝无关系，所以我们知道一点也很有益处。

还有一层，在我们所知道的范围以内，这是中国现存的唯一的宗教剧。因为同连戏的使人喜看的地方虽是其中的许多滑稽的场面，全本的目的却显然是在表扬佛法，仔细想起来说是水陆道场或道士的“炼度”的一种戏剧化也不为过。我们不知道在印度有无这种戏剧的宗教仪式，或者是在中国发生的国货，也未可知，总之不愧为宗教剧之一样，是很可注意的。滑稽分子的喧宾夺主，原是自然的趋势，正如外国间剧（lnterlude）狂言（Kyogen）的发生一样，也如僧道作法事时之唱生旦小戏同一情形罢。

可惜我十四岁时离开故乡，最近看见目连戏也已在二十年前，而且又只看了一小部分，所以记忆不清了。倘有笃志的学会，应该趁此刻旧风俗还未消灭的时期，资遣熟悉情形的人去调查一回，把脚本纪录下来，于学术方面当不无裨益。英国茀来则（Frazer）博士竭力提倡研究野蛮生活，以为南北极探险等还可以稍缓，因为那里的冰反正不见得就会融化。中国的蒙藏回苗各族生活固然大值得研究，就是本族里也很多可以研究的东西，或者可以说还没有东西曾经好好的整理研究过，现在只等研究的人了。

一九二三年二月

破脚骨

“破脚骨”——读若Phacahkueh，是我们乡间的方言，就是说“无赖子”，照王桐龄教授《东游杂感》的笔法，可以这样说：——破脚骨官话曰无赖曰光棍，古语曰泼皮曰破落户，上海曰流氓，南京曰流户曰青皮，日本曰歌罗支其，英国曰罗格……这个名词的本意不甚明瞭，望文生义地看去大约因为时常要被打破脚骨，所以这样称的罢。他们的职业是讹诈，俗称敲竹杠。小破脚骨沿路寻事，看见可欺的人便撞过去，被撞的如说一句话，他即吆喝说，Taowan bar gwaantatze？意思是说撞了倒反不行吗，于是扭结不放，同党的人出来邀入茶馆评理，结果是被撞的人算错，替大家会钞了事。这是最普通的一种方法，此外还有许多，我也不很明白了。至于大破脚骨专做大票生意，如包娼戮赌或捉奸勒索等，不再做这些小勾当，他们的行径有点与“破靴党”相近，所差者只在他们不是秀才罢了。

这些人当然不是好人，便有喜欢做翻案文章的人也不容易把他们说好，但是，他们也有可取的地方。他们也有自己的道德，尚义与勇，即使并非同帮，只要在酒楼茶馆会过一两面，他们便算有交情，不再来暗算，而且有时还肯保护。我在往江南当水兵以前，同兄弟在乡间游手好闲的时候，大有流为破脚骨之意，邻近的几个小破脚骨都有点认识，远房亲戚的破靴党不算在内。我们因此不曾被人撞过，有一两次还叨他们的光。有一回我已经不在家，我的兄弟（其时他只十四五岁）同母亲往南街看戏；那时还没有什么戏馆，只在庙台上演戏敬神，近地的人在两旁搭盖看台，租给人家使用，我们也便租了两个坐位，后来台主不知为何忽下逐客令，大约要租给阔人了，坐客一时大窘，恰巧我们所认识的一个小破脚骨正在那里看戏，于是便去把他找来，他对台主说道，“你这台不租了吗？那么由我出租了。”台主除收回成命之外，还对他赔了许多小心，这才完事。在他这强横的诡辩里边，实在很含有不少的诙谐与爱娇。二十世纪以来不曾再见到他，听说他后来眼瞎了，过了几年随即去世，——请你永远平安地休息罢！

一个人要变成破脚骨，须有相当的训练，与古代的武士修行一样，不是很容易的事。破脚骨的生活里最重要的事件是挨打，所以非有十足的忍苦忍辱的勇气，不能成为一个像样的破脚骨。小破脚骨与人家相打，且骂且脱衣，随将右手各拔敌人的辫发而以左手各自握其发根，于是互相推拥，以被挤至路边将背贴墙者为负。大破脚骨则不然，他拔出尖刀，但并不刺人，只拿在手中，自指其股曰“戳！”敌人或如命而戳一下，则再命令曰“再戳！”如戳至再三而毫不呼痛，刺者却不敢照样奉陪，那便算大败，不复见齿于同类。能禁得殴打，术语曰“受路足”，是破脚骨修养的最要之一。此外官司的经验也很重要，他们往往大言于茶馆中云，“屁股也打过，大枷也戴过，”亦属破脚骨履历中很出色的项目。有些大家子弟流为破脚骨者，因门第的影响，无被官刑之虑，这两项的修炼或可无须，唯挨打仍属必要。

我有一个同族的长辈，通文，能写二尺方的大字，做了破脚骨，一年的春分日在宗祠中听见他自伐其战功，说Targfan yir banchir，banchir yir tarngfan，意云打倒又爬起，爬起又打倒，这两句话实在足以代表“破脚骨道”之精义了。在现时人心不古的时代，破脚骨也堕落了，变成商埠码头的那些拆梢的流氓，回想昔日乡间的破脚骨，已经如书中的列仙高士，流风断绝，邈乎其不可复追矣。

我在默想堂伯父的战功，不禁想起《唐吉诃德先生》（*Don Quixote*——林琴南先生译作当块克苏替，陆祖鼎先生译作唐克孝，丁初我先生在二十年前译作唐夸特），以及西班牙的“流氓小说”（Novelas de Picaros）来。中国也有这班人物，为什么除了《水浒传》的泼皮牛二以外，没有人把他们细细地写下来，不然倒真可以造成一类“流氓生活的文学”（“Picaresque Literature”）哩。——这两个英文，陆先生在《学灯》上却把它译作“盗贼文学”，啊啊，轻松的枷杖的罪名竟这样地被改定了一个大辟，（在现行治盗条例的时期，）却是冤哉枉也。然而这也怪不得陆先生，因为《英汉字典》中确将“流氓”（Picaroon）这字释作劫掠者，盗贼等等也。

十三年六月

济南道中 一

伏园兄，你应该还记得“夜航船”的趣味罢？这个趣味里的确包含有些不很优雅的非趣味，但如一切过去的记忆一样，我们所记住的大抵只是一些经过时间熔化变了形的东西，所以想起来还是很好的趣味。我平素由绍兴往杭州总从城里动身，（这是二十年前的话了，）有一回同几个朋友从乡间趁船，这九十里的一站路足足走了半天一夜；下午开船，傍晚才到西郭门外，于是停泊，大家上岸吃酒饭。这很有牧歌的趣味，值得田园画家的描写。第二天早晨到了西兴，埠头的饭店主人很殷勤地留客，点头说“吃了饭去”，进去坐在里面（斯文人当然不在柜台边和“短衣帮”并排着坐）破板桌边，便端出烤虾小炒腌鸭蛋等“家常便饭”来，也有一种特别的风味。可惜我好久好久不曾吃了。

今天我坐在特别快车内从北京往济南去。不禁忽然的想起旧事来。火车里吃的是大菜，车站上的小贩又都关出在木栅栏外，不容易买到土俗品来吃。先前却不是如此，一九〇六年我们乘京汉车往北京应练兵处（那时的大臣是水竹村人）的考试的时候，还在车窗口买到许多东西乱吃，如一个铜子一只的大雅梨，十五个铜子一只的烧鸡之类；后来在什么站买到兔肉，同学有人说这实在是猫，大家便觉得恶心不能再吃，都摔到窗外去了。在日本旅行，于新式的整齐清洁之中，（现在对于日本的事只好“清描淡写”地说一句半句，不然恐要蹈邓先生的覆辙，）却仍保存着旧日的长闲的风趣。我在东海道中买过一箱“日本第一的吉备团子”，虽然不能证明是桃太郎的遗制，口味却真不坏，可惜都被小孩们分吃，我只尝到一两颗，而且又小得可恨。还有平常的“便当”，在形式内容上也总是美术的，味道也好，虽在吃惯肥鱼大肉的大人先生们自然有点不配胃口。“文明”一点的有“冰激凌”，装在一只麦粉做的杯子里，末了也一同咽下去。——我坐在这铁甲快车内，肚子有点饿了，颇想吃一点小食，如孟代故事中王子所吃的，然而现在实属没有法子，只好往餐堂车中去吃洋饭。

我并不是不要吃大菜的。但虽然要吃，若在强迫的非吃不可的时候，也会令人不高兴起来。还有一层，在中国旅行的洋人的确太无礼仪，即使并无什么暴行，也总是放肆讨厌的。即如在我这一间房里的一个怡和洋行的老板，带了一只小狗，说是在天津花了四十块钱买来的，他一上车就高卧不起，让小狗在房内撒尿，忙得车侍三次拿布来擦地板，又不喂饱，任它东张西望，呜呜的哭叫。我不是虐待动物者，但见人家昵爱动物，搂抱猫狗坐车坐船，妨害别人，也是很嫌恶的，我觉得那样的昵爱，正与虐待同样地是有点兽性的。洋人中当然也有真文明人，不过商人大抵不行，如中国的商人一样。

中国近来新起一种“打鬼”——便是打“玄学鬼”与“直脚鬼”——的倾向，我大体上也觉得赞成，只是对于他们的态度有点不能附和。我们要把一切的鬼或神全数打出去，这是不可能的事，更无论他们只是拍令牌，念退鬼咒，当然毫无功效，只足以表明中国人术士气之十足，或者更留下一点恶因。我们所能做，所要做的，是如何使玄学鬼或直脚鬼不能为害。我相信，一切的鬼都是为害的，倘若被放纵着，便是我们自己“曲脚鬼”也何尝不如此。……人家说，谈天谈到末了，一定要讲到下作的话去，现在我却反对地谈起这样正经大道理来，也似乎不大合式，可以不再写下去了罢。

十三年五月三十一日　津浦车中

济南道中之二

过了德州，下了一阵雨，天气顿觉凉快，天色也暗下来了。室内点上电灯，我向窗外一望，却见别有一片亮光照在树上地上，觉得奇异，同车的一位宁波人告诉我，这是后面护送的兵车的电光。我探头出去，果然看见末后的一辆车头上，西边各有一盏灯（这是我推想出来的，因为我看的只是一边，）射出光来，正如北京城里汽车的两只大眼睛一样。当初我以为既然是兵车的探照灯，一定是很大的，却正出于意料之外，它的光只照着车旁两三丈远的地方，并不能直照见树林中的贼踪。据那位买办所说，这是从去年故孙美瑶团长在临城做了那“算不得什么大事”之后新增的，似乎颇发生效力，这两道神光真吓退了沿路的毛贼，因为以后确不曾出过事，而且我于昨夜也已安抵济南了。但我总觉得好笑，这两点光照在火车的尾巴头，好像是夏夜的萤火，太富于诙谐之趣。我坐在车中，看着窗外的亮光从地面移在麦子上，从麦子移到树叶上，心里起了一种离奇的感觉，觉得似危险非危险，似平安非平安，似现实又似在做戏，仿佛眼看程咬金腰间插着两把纸糊大板斧在台上踱着时一样。我们平常有一句话，时时说起却很少实验到的，现在拿来应用，正相适合，——这便是所谓浪漫的境界。

十点钟到济南站后，坐洋车进城，路上看见许多店铺都已关门，——都上着“排门”，与浙东相似。我不能算是爱故乡的人，但见了这样的街市，却也觉得很是喜欢。有一次夏天，我从家里往杭州，因为河水干涸，船只能到牛屎浜，在早晨三四点钟的时分坐轿出发，通过萧山县城；那时所见街上的情形，很有点与这回相像。其实绍兴和南京的夜景也未尝不如此，不过徒步走过的印象与车上所见到底有些不同，所以叫不起联想来罢了。城里有好些地方也已改用玻璃门，同北京一样，这是我今天下午出去看来的。我不能说排门是比玻璃门更好，在实际上玻璃门当然比排门要便利得多。但由我旁观地看去，总觉得旧式的铺门较有趣味。玻璃门也自然可以有它的美观，可惜现在多未能顾到这一层，大都是粗劣潦草，如一切的新东西一样。旧房屋的粗拙，全体还有些调和，新式的却只见轻率凌乱这一点而已。

今天下午同四个朋友去游大明湖，从鹊华桥下船。这是一种“出坂船”似的长方的船，门窗做得很考究，船头有匾一块，文云：“逸兴豪情”，——我说船头，只因它形式似船头，但行驶起来，它却变了船尾，一个舟子便站在那里倒撑上去。他所用的家伙只是一支天然木的篙，不知是什么树，剥去了皮，很是光滑，树身却是弯来扭去的并不笔直；他拿了这件东西，能够使一只大船进退回旋无不如意，并且不曾遇见一点小冲撞，在我只知道使船用桨橹的人看了不禁着实惊叹。大明湖在《老残游记》里很有一段描写，我觉得写不出更好的文章来，而且你以前赴教育改进社年会时也曾到过，所以我可以不絮说了。我也同老残一样，走到历下亭铁公祠各处，但可惜不曾在明湖居听得白妞说梨花大鼓。我们又去看“大帅张少轩”捐赀倡修的曾子固的祠堂，以及张公祠，祠里还挂有一幅他的“门下子婿”的长髯照相和好些“圣朝柱石”等等的孙公德政牌。随后又到北极祠去一看，照例是那些塑像，正殿右侧一个大鬼，一手倒提着一个小妖，一手掐着一个，神气非常活现，右脚下踏着一个女子，它的脚跟正落在腰间，把她踹得目瞪口呆，似乎喘不过气来，不知是到底犯了什么罪。大明湖的印象仿佛像南京的玄武湖，不过这湖是在城里，很是别致。清人铁保有一联云“四面荷花三面柳，一城山色半城湖”，实在说得湖好，（据老残说这是铁公祠大门的楹联，现今却已掉下，在亭堂内倚墙放着了，）虽然我们这回看不到荷花，而且湖边渐渐地填为平地，面积大不如前；水路也很窄狭，两旁变了私产，一区一区地用苇塘围绕，都是人家种蒲养鱼的地方，所以《老残游记》里所记千佛山倒影入湖的景象已经无从得见，至于“一声渔唱”尤其是听不到了。但是济南城里有一个湖，即使较前已经不如，总是很好的事，这实在可以代一个大公园，而且比公园更为有趣，于青年也很有益。我遇见好许多船的学生在湖中往来，比较中央公园里那些学生站在路边等看头发像鸡窠的女人要好得多多，——我并不一定反对人家看女人，不过那样看法未免令人见了生厌。这一天的湖逛得很快意，船中还有王君的一个三岁的小孩同去，更令我们喜悦。他从宋君手里要蒲桃干吃，每拿几颗例须唱一出歌加以跳舞，他便手舞足蹈唱“一二三四”给我们听，交换五六个蒲桃干，可是他后来也觉得麻烦，便提出要求，说“不唱也给我罢”。他是个很活泼可爱的小人儿，而且一口的济南话，我在他口中初次听到“俺”这一个字活用在言语里，虽然这种调子我们从北大徐君的话里早已听惯了。

六月一日　在“家家泉水户户垂杨”的济南城内

济南道中之三

六月二日午前，往工业学校看金线泉。这天正下着雨，我们乘暂时雨住的时候，踏着湿透的青草，走到石池旁边，照着老残的样子侧着头细看水面，却终于看不见那条金线，只有许多水泡，像是一串串的珍珠，或者还不如说水银的蒸汽，从石隙中直冒上来，仿佛是地下有几座丹灶在那里炼药。池底里长着许多植物，有竹有柏，有些不知名的花木，还有一株月季花，带着一个开过的花蒂：这些植物生在水底，枝叶青绿，如在陆上一样，到底不知道是怎么一回事。金线泉的邻近，有陈遵留客的投辖井，不过现在只是一个六尺左右的方池，辖虽还可以投，但是投下去也就可以取出来了。次到趵突泉，见大池中央有三股泉水向上喷涌，据《老残游记》里说翻出水面有二三尺高，我们看见却不过尺许罢了。池水在雨后颇是浑浊，也不曾流得“汩汩有声”，加上周围的石桥石路以及茶馆之类，觉得很有点像故乡的脂沟汇，——传说是越王宫女倾脂粉水，汇流此地，现在却俗称“猪狗汇”，是乡村航船的聚会地了。

随后我们往商埠游公园，刚才进门雨又大下，在茶亭中坐了许久，等雨雾后再出来游玩。园中别无游客，容我们三人独占全园，也是极有趣味的事。公园本不很大，所以便即游了，里边又别无名胜古迹，一切都是人工的新设，但有一所大厅，门口悬着匾额，大书曰“畅趣游情，马良撰并书”，我却瞻仰了好久。我以前以为马良将军只是善于打什么拳的人，现在才知道也很有风雅的趣味，不得不陈谢我当初的疏忽了。

此外我不曾往别处游览，但济南这地方却已尽够中我的意了。我觉得北京也很好，只是大多风和灰土，济南则没有这些：济南很有江南的风味，但我所讨厌的那些东南的脾气似乎没有，（或未免有点速断？）所以是颇愉快的地方。然而因为端午将到，我不能不赶快回北京来，于是在五日午前二时终于乘了快车离开济南了。

我在济南四天，讲演了八次。范围题目都由我自己选定，本来已是自由极了，但是想来想去总觉得没有什么可讲，勉强拟了几个题目，都没有十分把握，至于所讲的话觉得不能句句确实，句句表现出真诚的气氛来，那是更不必说了。就是平常谈话，也常觉得自己有些话是虚空的，不与心情切实相应，说出时便即知道，感到一种恶心的寂寞，好像是嘴里尝到了肥皂。石川啄木的短歌之一云：

不知怎地，

总觉得自己是虚伪之块似的，

将眼睛闭上了。

这种感觉，实在经验了好许多次。在这八个题目之中，只有末了的“神话的趣味”还比较的好一点；这并非因为关于神话更有把握，只因世间对于这个问题很多误会，据公刊的文章上看来，几乎尚未有人加以相当的理解，所以我对于自己的意见还未开始怀疑，觉得不妨略说几句。我想神话的命运很有点与梦相似。野蛮人以梦为真，半开化人以梦为兆，“文明人”以梦为幻，然而在现代学者的手里，却成为全人格之非意识的显现，神话也经过宗教的，“哲学的”以及“科学的”解释之后，由人类学者解救出来，还他原人文学的本来地位。

中国现在有相信鬼神托梦魂魄入梦的人，有求梦占梦的人，有说梦是妖妄的人，但没有人去从梦里寻出他情绪的或感觉的分子，若是“满愿的梦”则更求其隐密的动机，为学术的探讨者，说及神话，非信受则排斥，其态度正是一样。我看许多反对神话的人虽然标榜科学，其实他的意思以为神话确有信受的可能，倘若不是竭力抗拒；这正如性意识很强的道学家之提倡戒色，实在是两极相遇了。真正科学家自己即不会轻信，也就不必专用攻击，只是平心静气地研究就得，所以怀疑与宽容是必要的精神，不然便是狂信者的态度，非耶者还是一种教徒，非孔者还是一种儒生，类例很多。

即如近来反对太戈尔运动也是如此，他们自以为是科学思想与西方化，却缺少怀疑与宽容的精神，其实仍是东方式的攻击异端：倘若东方文化里有最大的毒害，这种专制的狂信必是其一了。不意话又说远了，与济南已经毫无关系，就此搁笔，至于神话问题，说来也嫌唠叨，改日面谈罢。

六月十日　在北京写

丨 苦雨

伏园兄：

北京近日多雨，你在长安道上不知也遇到否，想必能增你旅行的许多佳趣。雨中旅行不一定是很愉快的，我以前在杭沪车上时常遇雨，每感困难，所以我于火车的雨不能感到什么兴味，但卧在乌篷船里，静听打篷的雨声，加上欸乃的橹声，以及“靠塘来，靠下去”的呼声，却是一种梦似的诗境。倘若更大胆一点，仰卧在脚划小船内，冒雨夜行，更显出水乡住民的风趣，虽然较为危险，一不小心，拙劣地转一个身，便要使船底朝天。

二十多年前往东浦吊先父的保姆之丧，归途遇暴风雨，一叶扁舟在白鹅似的波浪中间滚过大树港，危险极也愉快极了。我大约还有好些“为鱼”时候——至少也是断发文身时候的脾气，对于水颇感到亲近，不过北京的泥塘似的许多“海”实在不很满意，这样的水没有也并不怎么可惜。你往“陕半天”去似乎要走好两天的准沙漠路，在那些时候倘若遇见风雨，大约是很舒服的，遥想你胡坐骡车中，在大漠之上，大雨之下，喝着四打之内的汽水，悠然进行，可以算是“不亦快哉”之一。但这只是我的空想，如诗人的理想一样地靠不住，或者你在骡车中遇雨，很感困难，正在叫苦连天也未可知，这须等你回京后问你再说了。

我住在北京，遇见这几天的雨，却叫我十分难过。北京向来少雨，所以不但雨具不很完全，便是家屋构造，于防雨亦欠周密。除了真正富翁以外，很少用实垛砖墙，大抵只用泥墙抹灰敷衍了事。近来天气转变，南方酷寒而北方淫雨，因此两方面的建筑上都露出缺陷。一星期前的雨把后园的西墙淋坍，第二天就有“梁上君子”来摸索北房的铁丝窗，从次日起赶紧邀了七八位匠人，费两天工夫，从头改筑，已经成功十分八九，总算可以高枕而卧，前夜的雨却又将门口的南墙冲倒二三丈之谱。这回受惊的可不是我了，乃是川岛君“渠们”俩，因为“梁上君子”如再见光顾，一定是去躲在“渠们”的窗下窃听的了。为消除“渠们”的不安起见，一等天气晴正，急须大举地修筑，希望日子不至于很久，这几天只好暂时拜托川岛君的老弟费神代为警护罢了。

前天十足下了一夜的雨，使我夜里不知醒了几遍。北京除了偶然有人高兴放几个爆仗以外，夜里总还安静，那样哗喇哗喇的雨声在我的耳朵里已经不很听惯，所以时常被它惊醒，就是睡着也仿佛觉得耳边粘着面条似的东西，睡的很不痛快。还有一层，前天晚间据小孩们报告，前面院子里的积水已经离台阶不及一寸，夜里听着雨声，心里胡里胡涂地总是想水已上了台阶，浸入西边的书房里了。好容易到了早上五点钟，赤脚撑伞，跑到西屋一看，果然不出所料，水浸满了全屋，约有一寸深浅，边才叹了一口气，觉得放心了；倘若这样兴高采烈地去，一看却是没有水，恐怕那时反觉得失望，没有现在那样的满足也说不定。幸而书籍都没有湿，虽然是没有什么价值的东西，但是湿成一饼一饼的纸糕，也很是不愉快。现今水虽已退，还留下一种涨过大水后的普通的臭味，固然不能留客坐谈，就是自己也不能在那里写字，所以这封信是在里边炕桌上写的。

这回大雨，只有两种人最喜欢。第一是小孩们。他们喜欢水，却极不容易得到，现在看见院子里成了河，便成群结队的去“淌河”去。赤了足伸到水里去，实在很有点冷，但是他们不怕，下到水里还不肯上来。大人见小孩们玩的很有趣，也一个两个地加入，但是成绩却不甚佳，那一天里滑倒了三个人，其中两个都是大人——其一为我的兄弟，其一是川岛君。第二种喜欢下雨的则为虾蟆。从前同小孩们往高亮桥去钓鱼钓不着，只捉了好些虾蟆，有绿的，有花条的，拿回来都放在院子里，平常偶叫几声，在这几天里便整日叫唤，或者是荒年之兆吧，却极有田村的风味，有许多耳朵皮嫩的人，很恶喧嚣，如麻雀虾蟆或蝉的叫声，凡足以妨碍他们的甜睡者，无一不深恶而痛绝之，大有灭此而午睡之意，我觉得大可以不必如此，随便听听都是很有趣味的，不但是这些久成诗料的东西，一切鸣声其实都可以听。虾蟆在水田里群叫，深夜静听，往往变成一种金属音，很是特别，又有时仿佛是狗叫，古人常称蛙蛤为吠，大约是从实验而来。我们院子里的虾蟆现在只见花条的一种，它的叫声更不漂亮，只是格格格这个叫法，可以说是革音，平常自一声至三声，不会更多，唯在下雨早晨，听它一口气叫上十二三声，可见它是实在喜欢极了。

这一场大雨恐怕在乡下的穷朋友是很大的一个不幸，但是我不曾亲见，单靠想像是不中用的，所以我不去虚伪地代为悲叹了。倘若有人说这所记的只是个人的事情，于人生无益，我也承认，我本来只想说个人私事，此外别无意思。今天太阳已经出来，傍晚可以出外去游嬉，这封信也就不再写下去了。

我本等着看你的秦游记，现在却由我先写给你看，这也可以算是“意表之外”的事吧。

十三年七月十七日　在京城书

苍蝇

苍蝇不是一件很可爱的东西，但我们在做小孩子的时候都有点喜欢他。我同兄弟常在夏天乘大人们午睡，在院子里弃着香瓜皮瓤的地方捉苍蝇——苍蝇共有三种，饭苍蝇太小，麻苍蝇有蛆太脏，只有金苍蝇可用。金苍蝇即青蝇，小儿谜中所谓“头戴红缨帽， 身穿紫罗袍”者是也。我们把它捉来，摘一片月季花的叶，用月季的刺钉在背上，便见绿叶在桌上蠕蠕而动，东安市场有卖纸制各色小虫者，标题云“苍蝇玩物”，即是同一的用意。我们又把他的背竖穿在细竹丝上，取灯心草一小段，放在脚的中间，他便上下颠倒的舞弄，名曰“戏棍”；又或用白纸条缠在肠上纵使飞去，但见空中一片片的白纸乱飞，很是好看。倘若捉到一个年富力强的苍蝇，用快剪将头切下，它的身子便仍旧飞去。希腊路吉亚诺思（Luklanos）的《苍蝇颂》中说：“苍蝇在被切去了头之后，也能生活好些时光。”大约二千年前的小孩已经是这样的玩耍的了。

我们现在受了科学的洗礼，知道苍蝇能够传染病菌，因此对于他们很有一种恶感。三年前卧病在医院时曾作有一首诗，后半云：

大小一切的苍蝇们，
美和生命的破坏者，
中国人的好朋友的苍蝇们呵，
我诅咒你的全灭，
用了人力以外的
最黑最黑的魔术的力。

但是实际上最可恶的还是他的别一种坏癖气，便是喜欢在人家的颜面手脚上乱爬乱舔，古人虽美其名曰“吸美”，在被吸者却是极不愉快的事。希腊有一篇传说，说明这个缘起，颇有趣味。据说苍蝇本来是一个处女，名叫默亚（Muia），很是美丽，不过太喜欢说话。她也爱那月神的情人恩迭米盎（Endymion），当他睡着的时候，她总还是和他讲话或唱歌，使他不能安息，因此月神发怒，把她变成苍蝇。以后她还是纪念着恩迭米盎，不肯叫人家安睡，尤其是喜欢搅扰年轻的人。

苍蝇的固执与大胆，引起好些人的赞叹。诃美洛思（Homeros）在史诗中常比勇士于苍蝇，他说，虽然你赶他去，他总不肯离开你，一定要叮你一口方才罢休。又有诗人云，那小苍蝇极勇敢地跳在人的肢体上，渴欲饮血，战士却躲避敌人的刀锋，真可羞了。我们侥幸不大遇见渴血的勇士，但勇敢地攻上来涨我们的头的却常常遇到。法勃尔（Fabre）的《昆虫记》里说有一种蝇，乘土蜂负虫入穴之时，下卵子虫内，后来蝇卵先出，把死虫和蜂卵一并吃下去。他说这种蝇的行为好像是一个红巾黑衣的暴客在林中袭击旅人，但是他的剽悍敏捷的确也可佩服，倘使希腊人知道，或者可以拿去形容阿迭修思（Odssyeus）一流的狡侩英雄罢。

中国古来对于苍蝇也似乎没有什么反感。《诗经》里说："营营青蝇，止于樊。岂弟君子，无信谗言。"又云："非鸡则鸣，苍蝇之声。"据陆农师说，青蝇善乱色，苍蝇善乱声，所以是这样说法。传说里的苍蝇，即使不是特殊良善，总之决不比别的昆虫更为卑恶。在日本的俳谐中则蝇成为普通的诗料，虽然略带湫秽的气色，但很能表出温暖热闹的境界。小林一茶更为奇特，他同圣芳济一样，以一切生物为弟兄朋友，苍蝇当然也是其一。检阅他的俳句选集，咏蝇的诗有二十首之多，今举两首以见一斑。一云：

笠上的苍蝇，比我更早地飞进去了。

这诗有题曰《归庵》。

又一首云：不要打哪，苍蝇搓他的手，搓他的脚呢。

我读这一句，常常想起自己的诗觉得惭愧，不过我的心情总不能达到那一步，所以也是无法。《埤雅》云："蝇好交其前足，有绞蝇之象……亦好交其后足。”这个描写正可作前句的注解。又绍兴小儿谜语歌云：“像乌豇豆格乌，像乌豇豆格粗，堂前当中央，坐得拉胡须。”也是指这个现象。（格犹云“的”，坐得即“坐着”之意。）据路吉亚诺思说，古代有一个女诗人，慧而美，名叫默亚，又有一个名妓也以此为名，所以滑稽诗人有句云：“默亚咬他直达他的心房。”中国人虽然永久与苍蝇同桌吃饭，却没有人拿苍蝇作为名字，以我所知只有一二人被用为诨名而已。

鸟声

古人有言："以鸟鸣春。"现在已过了春分，正是鸟声的时节了，但我觉得不大能够听到，虽然京城的西北隅已经近于乡村。这所谓鸟当然是指那飞鸣自在的东西，不必说鸡鸣咿咿鸭鸣呷呷的家奴，便是熟番似的鸽子之类也算不得数，因为他们都是忘记了四时八节的了。我所听见的鸟鸣只有檐头麻雀的啾啁，以及槐树上每天早来的啄木的干笑——这似乎都不能报春，麻雀的太琐碎了，而啄木又不免多一点干枯的气味。

英国诗人那许（Nash）有一首诗，被录在所谓《名诗选》（*Golden Treasury*）的卷首。他说，春天来了，百花开放，姑娘们跳着舞，天气温和，好鸟都歌唱起来，他列举四样鸟声：

Cuckco，jug-jug，pee-wee，to-witta-woo!

这九行的诗实在有趣，我却总不敢译，因为怕一则译不好，二则要译错。现在只抄出一行来，看那四样是什么鸟。第一种是勃姑，书名鹁鸪，他是自呼其名的，可以无疑了。第二种是夜莺，就是那林间的“发痴鸟”，古希腊女诗人称之曰“春之使者，美音的夜莺”，他的名贵可想而知，只是我不知道他到底是什么东西。我们乡间的黄莺也会“翻叫”，被捕后常因想念妻子而急死，与他西方的表兄弟相同，但他要吃小鸟，而且又不发痴地唱上一夜以至于呕血。第四种虽似异怪乃是猫头鹰。第三种则不大明了，有人说是蚊母鸟，或云是田凫，但据斯密士的《鸟的生活与故事》第一章所说系小猫头鹰。倘若是真的，那么四种好鸟之中猫头鹰一家已占其二了。斯密士说这二者都是褐色猫头鹰，与别的怪声怪相的不同，他的书中虽有图像，我也认不得这是鸱是鸮还是流离之子，不过总是猫头鹰之类罢了。儿时曾听见他们的呼声，有的声如货郎的摇鼓，有的恍若连呼“掘洼（dzhuehuoang），俗云不祥主有死丧。所以闻者多极懊恼，大约此风古已有之。查检观颓道人的《小演雅》，所录古今禽言中不见有猫头鹰的话。然而仔细回想，觉得那些叫声实在并不错，比任何风声萧声鸟声更为有趣，如诗人席烈（Shalley）所说。

现在，就北京来说，这几样鸣声都没有，所有的还只是麻雀和啄木鸟。老鸹，乡间称云乌老鸦，在北京是每天可以听到的，但是一点风雅气也没有，而且是通年噪聒。不知道他是那一季的鸟。麻雀和啄木鸟虽然唱不出好的歌来，在那琐碎和干枯之中到底还含一些春气：唉唉，听那不讨人欢喜的乌老鸦叫也已够了，且让我们欢迎这些鸣春的小鸟，倾听他们的谈笑吧。

“啾哳，啾哳！”

“嘎嘎！”

十四年四月

金鱼

我觉得天下文章共有两种，一种是有题目的，一种是没有题目的。普通做文章大都先有意思，却没有一定的题目，等到意思写出了之后，再把全篇总结一下，将题目补上。这种文章里边似乎容易出些佳作，因为能够比较自由地发表，虽然后写题目是一件难事，有时竟比写本文还要难些。但也有时候，思想散乱不能集中，不知道写什么好，那么先定下一个题目，再做文章，也未始没有好处，不过这有点近于赋得，很有做出试帖诗来的危险罢了。偶然读英国密伦（A.A Milne）的小品文集，有一处曾这样说，有时排字房来催稿，实在想不出什么东西来写，只好听天由命，翻开字典，随手抓到的就是题目。有一回抓到金鱼，结果果然有一篇金鱼收在集里。我想这倒是很有意思的事，也就来一下子，写一篇金鱼试试看，反正我也没有什么非说不可的大道理，要尽先发表，那么来做赋得的咏物诗也是无妨，虽然并没有排字房催稿的事情。

说到金鱼，我其实是很不喜欢金鱼的，在豢养的小动物里边，我所不喜欢的，依着不喜欢的程度，其名次是叭儿狗，金鱼，鹦鹉。鹦鹉身上穿着大红大绿，满口怪声，很有野蛮气，叭儿狗的身体固然太小，还比不上一只猫（小学教科书上却还在说，猫比狗小，狗比猫大！），而鼻子尤其耸得难过。我平常不大喜欢耸鼻子的人，虽然那是人为的，暂时的，把鼻子耸动，并没有永久的将它缩作一堆。人的脸上固然不可没有表情，但我想只要淡淡地表示就好，譬如微微一笑，或者在眼光中露出一种感情——自然，恋爱与死等可以算是例外，无妨有较强烈的表示，但也似乎不必那样掀起鼻子，露出牙齿，仿佛是要咬人的样子。这种嘴脸只好放到影戏里去，反正与我没有关系，因为二十年来我不曾看电影。然而金鱼恰好兼有叭儿狗与鹦鹉二者的特点，它只是不用长绳子牵了在贵夫人的裙边跑，所以减等发落，不然这第一名恐怕准定是它了。

我每见金鱼一团肥红的身体，突出两只眼睛，转动不灵地在水中游泳，总会联想到中国的新嫁娘，身穿红布袄裤，扎着裤腿，拐着一对小脚伶俜地走路。我知道自己有一种毛病，最怕看真的，或是类似的小脚。十年前曾写过一篇小文曰《天足》，起头第一句云："我最喜欢看见女人的天足。"曾蒙友人某君所赏识，因为他也是反对"务必脚小"的人。我倒并不是怕做野蛮，现在的世界正如美国洛威教授的一本书名，谁都有“我们是文明么”的疑问，何况我们这道统国，剐呀割呀都是常事，无论个人怎么努力，这个野蛮的头衔休想去掉，实在凡是稍有自知之明，不是夸大狂的人，恐怕也就不大有想去掉的这种野心与妄想。小脚女人所引起的另一种感想乃是残废，这是极不愉快的事，正如驼背或脖子上挂着一个大瘤，假如这是天然的，我们不能说是嫌恶，但总之至少不喜欢看总是确实的了。有谁会赏鉴驼背或大瘤呢？金鱼突出眼睛，便是这一类的现象。另外有叫做绯鲤的，大约是它的表兄弟吧，一样的穿着大红棉袄，只是不开衩，眼睛也是平平地装在脑袋瓜儿里边，并不比平常的鱼更为鼓出，因此可见金鱼的眼睛是一种残疾，无论碰在水草上时容易戳瞎乌珠，就是平常也一定近视的了不得，要吃馒头末屑也不大方便罢。照中国人喜欢小脚的常例推去，金鱼之爱可以说宜乎众矣，但在不佞实在是两者都不敢爱，我所爱的还只是平常的鱼而已。

想象有一个大池——池非大不可，须有活水，池底有种种水草才行，如从前碧云寺的那个石池，虽然老实说起来，人造的死海似的水洼都没有多大意思，就是三海也是俗气寒伧气，无论这是那一个大皇帝所造，因为皇帝压根儿就非俗恶粗暴不可，假如他有点儿懂得风趣，那就得亡国完事，至于那些俗恶的朋友也会亡国，那是另一回事。如今话又说回来，一个大池，里边如养着鱼，那最好是天空或水的颜色的，如鲫鱼，其次是鲤鱼。我这样的分等级，好像是以肉的味道为标准，其实不然。我想水里游泳着的鱼应当是暗黑色的才好，身体又不可太大，人家从水上看下去，窥探好久，才看见隐隐的一条在那里，有时或者简直就在你的鼻子前面，等一忽儿却又不见了，这比一件红冬冬的东西渐渐地近摆来，好像望那西湖里的广告船，（据说是点着红灯笼，打着鼓，）随后又渐渐地远开去，更为有趣得多。鲫鱼便具备这种资格，鲤鱼未免个儿太大一点，但它是要跳龙门去的，这又难怪他。此外有些白鲦，细长银白的身体，游来游去，仿佛是东南海边的泥鳅龙船，有时候不知为什么事出了惊，拨剌地翻身即逝，银光照眼，也能增加水界的活气。在这样地方，无论是金鱼，就是平眼的绯鲤，也是不适宜的。红袄裤的新嫁娘，如其脚是小的，那只好就请她在炕上爬或坐着，即使不然，也还是坐在房中，在油漆气芸香或花露水气中，比较地可以得到一种调和。所以金鱼的去处还是富贵人家的绣房，浸在五彩的磁缸中，或是玻璃的圆球里，去和叭儿狗与鹦鹉做伴侣罢了。

几个月没有写文章，天下的形势似乎已经大变了，有志要做新文学的人，非多讲某一套话不容易出色。我本来不是文人，这些时式的变迁，好歹于我无干，但以旁观者的地位看去，我倒是觉得可以赞成的。为什么呢？文学上永久有两种潮流，言志与载道。二者之中，则载道易而言志难。我写这篇赋得金鱼，原是有题目的文章，与帖括有点相近，盖已少言志而多载道欤。我虽未敢自附于新文学之末，但自己觉得颇有时新的意味，故附记于此，以志作风之转变云耳。

十九年三月十日

| 虱子

偶读罗素所著的《结婚与道德》，第五章讲中古时代思想的地方，有这一节话：

“那时教会攻击洗浴的习惯，以为凡使肉体清洁可爱好者皆有发生罪恶之倾向。肮脏不洁是被赞美，于是圣贤的气味变成更为强烈了。圣保拉说，身体与衣服的洁净，就是灵魂的不净。虱子被称为神的明珠，爬满这些东西是一个圣人的必不可少的记号。”我记起我们东方文明的选手故辜鸿铭先生来了，他曾经礼赞过不洁，说过相仿的话，虽然我不能知道他有没有把虱子包括在内，或者特别提出来过。但是，即是辜先生不曾有什么颂词，虱子在中国文化历史上的位置也并不低，不过这似乎只是名流的装饰，关于古圣先贤还没有文献上的证明罢了。晋朝的王猛的名誉，一半固然在于他的经济的事业，他的捉虱子这一件事恐怕至少也要居其一半，到了二十世纪之初，梁任公先生在横滨办《新民丛报》，那时有一位重要的撰述员，名叫扪虱谈虎客，可见这个还很时髦，无论他身上是否真有那晋朝的小动物。

洛威（R. H. Lowie）博士是旧金山大学的人类学教授，近著一本很有意思的通俗书《我们是文明么》，其中有好些可以供我们参考的地方。第十章讲衣服与时装，他说起十八世纪时妇人梳了很高的髻，有些矮的女子，她的下巴颏儿正在头顶到脚尖的中间。在下文又说道："宫里的女官坐车时只可跪在台板上，把头伸在窗外，她们跳着舞，总怕头碰了挂灯。重重扑粉厚厚衬垫的三角塔终于满生了虱子，很是不舒服，但西欧的时风并不就废止这种时装。结果发明了一种象牙钩钗，拿来搔痒，算是很漂亮的。"第二十一章讲卫生与医药，又说到"十八世纪的太太们头上成群的养虱子"，又举例说明道：

"一三九三年，一法国著者教给他美丽的读者六个方法，治她们的丈夫的跳蚤。一五三九年出版的一本书列有奇效方，可以除灭跳蚤，虱子，虱卵，以及臭虫。"照这样看来，不但证明"西洋也有臭虫"，更可见贵夫人的青丝上也满生过虱子。在中国，这自然更要普遍了，褚人获编《坚瓠集》丙集卷三有一篇《须虱颂》，其文曰：

"王介甫王禹玉同侍朝，见虱自介甫襦领直缘其须，上顾而笑，介甫不知也。朝退，介甫问上笑之故，禹玉指以告，介甫命从者去之。禹玉曰，未可轻去，愿颂一言。介甫曰，何如？禹玉曰，屡游相须，曾经御览，未可杀也，或曰放焉。众大笑。"

我们的荆公是不修边幅的，有一个半个小虫在胡须上爬，原算不得是什么奇事，但这却令我想起别一件轶事来，据说徽宗在五国城，写信给旧臣道："朕身上生虫，形如琵琶。"照常人的推想，皇帝不认识虱子，似乎在情理之中，而且这样传说，幽默与悲感混在一起，也颇有意思，但是参照上文，似乎有点不大妥帖了。宋神宗见了虱子是认得的，到了徽宗反而退步，如果属实，可谓不克绳其祖武了。《坚瓠集》中又有一条"恒言"，内分两节如下：

"张磊塘善清言，一日赴徐文贞公席，食鳗鱼蝗鱼。庖人误不置醋。张云，仓皇失措。文贞腰扪一虱，以齿毙之，血溅以上。张云，大率类此。文贞亦解颐。

清客以齿毙虱有声，妓哂之。顷妓亦得虱，以添香置炉中而爆。客顾曰，熟了。妓曰，愈于生吃。"

这一条笔记是很重要的虱之文献，因为他在说明贵人清客妓女都有扪虱的韵致外，还告诉我们毙虱的方法。《我们是文明么》第二十一章中说：

"正如老鼠离开将沉的船，虱子也会离开将死的人，依照冰地的学说。所以一个没有虱子的爱斯吉摩人是很不安的。这是多么愉快而且适意的事，两个好友互捉头上的虱以为消遣，而且随复庄重地将它们送到所有者的嘴里去。在野蛮世界，这种交互的服务实在是很有趣的游戏。黑龙江边的民族不知道有别的更好的方法，可以表示夫妇的爱情与朋友的交谊。在亚尔泰山及南西伯利亚的突厥人也同样的爱好这个玩艺儿。他们的皮衣里满生着虱子，那妙手的土人便永远在那里搜查这些生物，捉到了的时候，咂一咂嘴儿把它们都吃下去。拉得洛夫博士亲自计算过，他的向导在一分钟内捉到八九十匹。在原始民间故事里多讲到这个普遍而且有益的习俗，原是无怪的。”由此可见普通一般毙虱法都是同徐文贞公一样，就是所谓“生吃”的，只可惜“有礼节的欧洲人是否吞咽他们的寄生物查不出证据”，但是我想这总也可以假定是如此罢，因为世上恐怕不会有比这个更好的方法，不过史有阙文，洛威博士不敢轻易断定罢了。

但世间万事都有例外，这里自然也不能免。佛教反对杀生，杀人是四重罪之一，犯者波罗夷不共住，就是杀畜生也犯波逸提罪，他们还注意到水中土中几乎看不出的小虫，那么对于虱子自然也不肯忽略过去。《四分律》卷五十《房舍犍度法》中云：

“于多人住处拾虱弃地，佛言不应尔。彼上座老病比丘数数起弃虱，疲极，佛言应以器，若毳，若劫贝，若敝物，若绵，拾着中。若虱走出，应作筒盛。彼用宝作筒，佛言不应用宝作筒，听用角牙，若骨，若铁，若铜，若铅锡，若竿蔗草，若竹，若苇，若木，作筒，虱若出，应作盖塞。彼宝作塞，佛言不应用宝作塞，应用牙骨乃至木作，无安处，应以缕系着床脚里。”小林一茶（一七六三~一八二七）是日本近代的诗人，又是佛教徒，对于动物同圣芳济一样，几乎有兄弟之爱，他的咏虱的诗句据我所见就有好几句，其中有这样一首，曾译录在《雨天的书》中，其词曰：

“捉到一个虱子，将它掐死固然可怜，要把它舍在门外. 让它绝食，也觉得不忍，忽然想到我佛从前给与鬼子母[1]的东西，成此。

虱子呵，放在和我味道一样的石榴上爬着。”

这样的待遇在一茶可谓仁至义尽，但虱子恐怕有点觉得不合式，因为像和尚那么吃净素他是不见得很喜欢的。但是，在许多虱的本事之中，这些算是最有风趣了。佛教虽然也重圣贫，一面也还讲究——这你作清洁未必妥当，或者总叫作“威仪”罢，因此有些法则很是细密有趣，关于虱的处分即其一例，至于一茶则更是浪漫化了一点罢了。中国扪虱的名士无论如何不能到这个境界，也决做不出像一茶那样的许多诗句来，例如——

“喊，虱子呵，爬罢爬罢，向着春天的走向。”

实在译不好，就此打住罢。——今天是清明节，野哭之声犹在于耳，回家写这小文，聊以消遣，觉得这倒是颇有意义的事。

---

1 日本传说，佛降伏鬼子母，给与石榴实食之，以代人肉，因石榴实味酸甜似人肉云。据《鬼子母经》说，她后来变为生育之神，这石榴大约只是多子的象征罢了。

民国十九年四月五日，于北平 。

〔附记〕

友人指示，周密《齐东野语》中有材料可取，于卷十六查得《嚼虱》一则，今补录于下：

“余负日茅檐，分渔樵个席，时见山翁野媪扪身得虱，则致之口中，若将甘心焉，意甚恶之。然揆之于古，亦有说焉。应侯谓秦王曰，得宛临，流阳夏，断河内，临东阳，邯郸犹口中虱。王莽校尉韩威曰，以新室之威而吞胡虏，无异口中蚤虱。陈思王著论亦曰，得虱者莫不劘之齿牙，为害身也。三人皆与时贵人，其言乃尔，则野老嚼虱亦自有典故，可发一笑。”

我当推究嚼虱的原出，觉得并不由于“若将甘心”的意思，其实只因虱子肥白可口，臭虫固然气味不佳，蚤又太小一点了，而且放在嘴里跳来跳去，似乎不大容易咬着。今见韩校尉的话，仿佛基督同时的中国人曾两者兼嚼，到得后来才人心不古，取大而舍小，不过我想这个证据未必怎么可靠，恐怕这单是文字上的支配，那么跳蚤原来也是一时的陪绑罢了。

四月十三日又记

两株树

我对于植物比动物还要喜欢，原因是因为我懒，不高兴为了区区视听之娱一日三餐地去饲养照顾，而且我也有点相信“鸟身自为主”的迂论，觉得把他们活物拿来做囚徒当奚奴，不是什么愉快的事，若是草木便没有这些麻烦，让它们直站在那里便好，不但并不感到不自由，并且还真是生了根地不肯再动一动哩。但是要看树木花草也不必一定种在自己的家里，关起门来独赏，让它们在野外路旁，或是在人家粉墙之内也并不妨，只要我偶然经过时能够看见两三眼，也就觉得欣然，很是满足的了。

树木里边我所喜欢的第一个是白杨。小时候读古诗十九首，读过“白杨何萧萧，松柏夹广路”之句，但在南方终未见过白杨，后来在北京才初次看见。谢在杭著《五杂组》中云：

“古人墓树多植梧楸，南人多种松柏，北人多种白杨。白杨即青杨也，其树皮白如梧桐，叶似冬青，微风击之辄淅沥有声，故古诗云，白杨多悲风，萧萧愁杀人。予一日宿邹县驿馆中，甫就枕即闻雨声，竟夕不绝，侍儿曰，雨矣。予讶之曰，岂有竟夜雨而无檐溜者？质明视之，乃青杨树也。南方绝无此树。”

《本草纲目》卷三五下引陈藏器曰，“白杨北土极多，人种墟墓间，树大皮白，其无风自动者乃杨移，非白杨也。”又寇宗奭云，“风才至，叶如大雨声，谓无风自动则无此事，但风微时其叶孤极处则往往独摇，以其蒂长叶重大，势使然也。”王象晋《群芳谱》则云杨有二种，一白杨，一青杨，白杨蒂长两两相对，遇风则簌簌有声，人多植之坟墓间，由此可知白杨与青杨本自有别，但“无风自动”一节却是相同。在史书中关于白杨有这样的两件故事：

《南史·萧惠开传》，“惠开为少府，不得志，寺内斋前花草甚美，悉铲除，别植白杨。”

《唐书·契苾何力传》，“龙翔中司稼少卿梁脩仁新作大明宫，植白杨于庭，示何力曰，此木易成，不数年可芘。何力不答，但诵白杨多悲风萧萧愁杀人之句，脩仁惊悟，更植以桐。”

这样看来，似乎大家对于白杨都没有什么好感。为什么呢，这个理由我不大说得清楚，或者因为它老是簌簌的动的缘故罢。听说苏格兰地方有一种传说，耶稣受难时所用的十字架是用白杨木做的，所以白杨自此以后就永远在发抖，大约是知道自己的罪孽深重。但是做钉的铁却似乎不曾因此有什么罪，黑铁这件东西在法术上还总有点位置的，不知何以这样地有幸有不幸。（但吾乡结婚时忌见铁，凡门窗上铰链等悉用红纸糊盖，又似别有缘故。）我承认白杨种在墟墓间的确很好看，然而种在斋前又何尝不好，它那瑟瑟的响声第一有意思。我在前面的院子里种了一棵，每逢夏秋有客来斋夜话的时候，忽闻淅沥声，多疑是雨下，推户出视，这是别种树所没有的佳处。梁少卿怕白杨的萧萧改植梧桐，其实梧桐也何尝一定吉祥，假如要讲迷信的话，吾乡有一句俗谚云，“梧桐大如斗，主人搬家走”，所以就是别庄花园里也很少种梧桐的。这实在是一件很可惜的事，梧桐的枝干和叶子真好看，且不提那一叶落知天下秋的兴趣了。在我们的后院里却有一棵，不知已经有若干年了，我至今看了它十多年，树干还远不到五合的粗，看它大有黄杨木的神气，虽不厄闰也总长得十分缓慢呢——因此我想到避忌梧桐大约只是南方的事，在北方或者并没有这句俗谚，在这里梧桐想要如斗大恐怕不是容易的事罢。

第二种树乃是乌桕，这正与白杨相反，似乎只生长于东南，北方很少见。陆龟蒙诗云，“行歇每依鸦舅影”，陆游诗云，“乌桕赤于枫，园林二月中”，又云，“乌桕新添落叶红”，都是江浙乡村的景象。《齐民要术》卷十列“五谷果蓏菜茹非中国物产者”，下注云“聊以存其名目，记其怪异耳，爰及山泽草木任食非人力所种者，悉附于此”，其中有乌臼一项，引《玄中记》云，荆阳有乌臼，其实如鸡头，迮之如胡麻子，其汁味如猪脂。《群芳谱》言，“江浙之人，凡高山大道溪边宅畔无不种”，此外则江西安徽盖亦多有之。关于它的名字，李时珍说：“乌喜食其子，因以名之。……或曰，其木老则根下下黑烂成臼，故得此名。”我想这或曰恐太迂曲，此树又名鸦舅，或者与乌不无关系，乡间冬天卖野味有桕子鳥，是道墟地方名物，此物殆是乌类乎，但是其味颇佳，平常所谓鳥肉几乎便指此鳥也。

桕树的特色第一在叶，第二在实。放翁生长稽山镜水间，所以诗中常常说及桕叶，便是那唐朝的张继寒山寺诗所云江枫渔火对愁眠，也是在说这种红叶。王端履著《重论文斋笔录》卷九论及此诗，注云：“江南临水多植乌桕，秋叶饱霜，鲜红可爱，诗人类指为枫，不知枫生山中，性最恶湿，不能种之江畔也。此诗江枫二字亦未免误认耳。”范寅在《越谚》卷中桕树项下说，“十月叶丹，即枫，其子可榨油，农皆植田边”，就把两者误合为一。罗逸长《青山记》云，“山之麓朱村，盖考亭之祖居也，自此倚石啸歌，松风上下，遥望木叶着霜如渥丹，始见怪以为红花，久之知为乌桕树也。”《蓬窗续录》云，“陆子渊《豫章录》言，饶信间桕树冬初叶落，结子放蜡，每颗作十字裂，一丛有数颗，望之若梅花初绽，枝柯诘曲，多在野水乱石间，远近成林，真可作画。此与柿树俱称美荫，园圃植之最宜。”这两节很能写出桕树之美，它的特色仿佛可以说是中国画的，不过此种景色自从我离了水乡的故国已经有三十年不曾看见了。

桕树子有极大的用处，可以榨油制烛。《越谚》卷中蜡烛条下注曰，“卷芯草干，熬桕油拖蘸成烛，加蜡为皮，盖紫草汁则红。”汪曰桢著《湖雅》卷八中说得更是详细：

“中置烛心，外裹乌桕子油，又以紫草染蜡盖之，曰桕油烛。用棉花子油者曰青油烛，用牛羊油者曰荤油烛。湖俗祀神祭先必燃两炬，皆用红桕烛。婚嫁用之曰喜烛，缀蜡花者曰花烛，神寿所用曰寿烛，丧家则用绿烛或白烛，亦桕烛也。”

日本寺岛安良编《和汉三才图会》五八引《本草纲目》语云，“烛有蜜蜡烛虫蜡烛牛脂烛桕油烛”，后加案语曰：

“案庸式云少府监每年供蜡烛七十挺，则元以前既有之矣。有数品，而多用木蜡牛脂蜡也。有油桐子蚕豆苍耳子等为蜡者，火易灭。有鲸鲵油为蜡者，其焰甚臭，牛脂蜡亦臭。近年制精，去其臭气，故多以牛蜡伪为木蜡，神佛灯明不可不辨。”

但是近年来蜡烛恐怕已是倒了运，有洋人替我们造了电灯，其次也有洋蜡洋油，除了拿到妙峰山上去之外大约没有它的什么用处了。就是要用蜡烛，反正牛羊脂也凑合可以用得，神佛未必会得见怪——日本真宗的和尚不是都要娶妻吃肉了么？那么桕油并不再需要，田边水畔的红叶白实不久也将绝迹了罢。这于国民生活上本来没有什么关系，不过在我想起来的时候总还有点怀念，小时候喜读《南方草木状》、《岭表录异》和《北户录》等书，这种脾气至今还是存留着，秋天买了一部大板的《本草纲目》，很为我的朋友所笑，其实也只是为了这个缘故罢了。

十九年十二月二十五日　于北平煆药庐

苋菜梗

近日从乡人处分得腌苋菜梗来吃，对于苋菜仿佛有一种旧雨之感。苋菜在南方是平民生活上几乎没有一天缺的东西，北方却似乎少有，虽然在北平近来也可以吃到嫩苋菜了。查《齐民要术》中便没有讲到，只在卷十列有人苋一条，引《尔雅》郭注，但这一卷所讲都是“五谷果蓏菜茹非中国物产者”，而《南史》中则常有此物出现，如《王智深传》云，“智深家贫无人事，尝饿五日不得食，掘苋根食之。”又《蔡撙附传》云，“撙在吴兴不饮郡斋井，斋前自种白苋紫茹以为常饵，诏褒其清。”都是很好的例。

苋菜据《本草纲目》说共有五种，马齿苋在外。苏颂曰：“人苋白苋俱大寒，其实一也，但大者为白苋，小者为人苋耳，其子霜后方熟，细而色黑。紫苋叶通紫，吴人用染爪者，诸苋中唯此无毒不寒。赤苋亦谓之花苋，茎叶深赤，根茎亦可糟藏，食之甚美味辛。五色苋今亦稀有，细苋俗谓之野苋，猪好食之，又名猪苋。”李时珍曰：“苋并三月撒种，六月以后不堪食，老则抽茎如人长，开细花成穗，穗中细子扁而光黑，与青箱子鸡冠子无别，九月收之。”《尔雅·释草》，“蒉赤苋”，郭注云，“今之苋赤茎者”，郝懿行疏乃云：“今验赤苋茎叶纯紫，浓如燕支，根浅赤色，人家或种以饰园庭，不堪啖也。”照我们经验来说，嫩的紫苋固然可以瀹食，但是“糟藏”的却都用白苋，这原只是一乡的习俗，不过别处的我不知道，所以不能拿来比较了。

说到苋菜同时就不能不想到甲鱼。《学圃余疏》云：“苋有红白二种，素食者便之，肉食者忌与鳖共食。”《本草纲目》引张鼎曰：“不可与鳖同食，生鳖瘕，又取鳖肉如豆大，以觅菜封裹置土坑内，以上盖之，一宿尽变成小鳖也。”其下接联地引汪机曰：“此说屡试不验。”《群芳谱》采张氏的话稍加删改，而末云“即变小鳖”之后却接写一句“试之屡验”，与原文比较来看未免有点滑稽。这种神异的物类感应，读了的人大抵觉得很是好奇，除了雀入大水为蛤之类无可着手外，总想怎么来试他一试，苋菜鳖肉反正都是易得的材料，一经实验便自分出真假，虽然也有越试越胡涂的，如《酉阳杂俎》所记，“蝉未脱时名复育，秀才韦翾庄在杜曲，常冬中掘树根，见复育附于朽处，怪之，村人言蝉固朽木所化也，翾因剖一视之，腹中犹实烂木。”这正如剖鸡胃中皆米粒，遂说鸡是白米所化也。苋菜与甲鱼同吃，在三十年前曾和一位族叔试过，现在族叔已将七十了，听说还健在，我也不曾肚痛，那么鳖瘕之说或者也可以归入不验之列了罢。

苋菜梗的制法须俟其“抽茎如人长”，肌肉充实的时候，去叶取梗，切作寸许长短，用盐腌藏瓦坛中，候发酵即成，生熟皆可食。平民几乎家家皆制，每食必备，与干菜腌菜及螺狮霉豆腐千张等为日用的副食物，苋菜梗卤中又可浸豆腐干，卤可蒸豆腐，味与“溜豆腐”相似，稍带枯涩，别有一种山野之趣。读外乡人游越的文章，大抵众口一词地讥笑土人之臭食，其实这是不足怪的，绍兴中等以下的人家大都能安贫贱，敝衣恶食，终岁勤劳，其所食者除米而外唯菜与盐，盖亦自然之势耳。干脆者有干菜，湿腌者以腌菜及苋菜梗为大宗，一年间的“下饭”差不多都在这里，《诗》云，“我有旨蓄，可以御冬”，是之谓也。至于存置日久，干脆者别无问题，湿腌则难免气味变化，顾气味有变而亦别具风味，此亦是事实，原无须引西洋干酪为例者也。

《邵氏闻见录》云：“汪信民常言，人常咬得菜根则百事可做，胡康侯闻之击节叹赏。”俗语亦云：“布衣暖，菜根香，读书滋味长。”明洪应明遂作《菜根谭》以骈语述格言，《醉古堂剑扫》与《娑罗馆清言》亦均如此，可见此体之流行一时了。咬得菜根，吾乡的平民足以当之，所谓菜根者当然包括白菜芥菜头，萝卜芋艿之类，而苋菜梗亦附其下，至于苋根虽然救了王智深的一命，实在却无可吃，因为在只是梗的末端罢了，或者这里就是梗的别称也未可知。咬了菜根是否百事可做，我不能确说，但是我觉得这是颇有意义的，第一可以食贫，第二可以习苦，而实在却也有清淡的滋味，并没有蕺这样难吃，胆这样难尝。这个年头儿人们似乎应该学得略略吃得起苦才好。中国的青年有些太娇养了，大抵连冷东西都不会吃，水果冰激淋除外，我真替他们忧虑，将来如何上得前敌，至于那粉泽不去手，和穿红里子的夹袍的更不必说了。其实我也并不激烈地想禁止跳舞或抽白面，我知道在乱世的生活法中耽溺亦是其一，不满于现世社会制度而无从反抗，往往沉浸于醇酒妇人以解忧闷，与山中饿夫殊途而同归，后之人略迹原心，也不敢加以菲薄，不过这也只是近于豪杰之徒才可以，决不是我们凡人所得以援引的而已。——喔，似乎离本题太远了，还是就此打住，有话改天换了题目再谈罢。

| 水里的东西

我是在水乡生长的，所以对于水未免有点情分。学者们说，人类曾经做过水族，小儿喜欢弄水，便是这个缘故。我的原因大约没有这样远，恐怕这只是一种习惯罢了。

水，有什么可爱呢？这件事是说来话长，而且我也有点儿说不上来。我现在所想说的单是水里的东西。水里有鱼虾，螺蚌，茭白，菱角，都是值得记忆的，只是没有这些工夫来一一纪录下来，经了好几天的考虑，决心将动植物暂且除外。——那么，是不是想来谈水底里的矿物类么？不，决不。我所想说的，连我自己也不明白它是哪一类，也不知道它究竟是死的还是活的，它是这么一种奇怪的东西。

我们乡间称它作Chosychiü，写出字来就是“河水鬼”。它是溺死的人的鬼魂。既然是五伤之一——五伤大约是水、火、刀、绳、毒罢，但我记得又有虎伤似乎在内，有点弄不清楚了，总之水死是其一，这是无可疑的，所以它照例应“讨替代”。

听说吊死鬼时常骗人从圆窗伸出头去，看外面的美景（还是美人？），倘若这人该死，头一伸时可就上了当，再也缩不回来了。河水鬼的法门也就差不多是这一类，它每幻化为种种物件，浮在岸边，人如伸手想去捞取，便会被拉下去，虽然看来似乎是他自己钻下去的。假如吊死鬼是以色迷，那么河水鬼可以说是以利诱了。它平常喜欢变什么东西，我没有打听清楚，我所记得的只是说变“花棒槌”，这是一种玩具，我在儿时听见所以特别留意，至于所以变这玩具的用意，或者是专以引诱小儿亦未可知。但有时候它也用武力，往往有乡人游泳，忽然沉了下去，这些人都是像蛤蟆一样地“识水”的，论理决不会失足，所以这显然是河水鬼的勾当，只有外道才相信是由于什么脚筋拘挛或心脏麻痹之故。

照例，死于非命的应该超度，大约总是念经拜忏之类，最好自然是“翻九楼”，不过翻的人如不高妙，从七七四十九张桌子上跌了下来的时候，那便别样地死于非命，又非另行超度不可了。翻九楼或拜忏之后，鬼魂理应已经得度，不必再讨替代了，但为防万一危险计，在出事地点再立一石幢，上面刻南无阿弥陀佛六字，或者也有刻别的文句的罢，我却记不起来了。在乡下走路，突然遇见这样的石幢，不是一件很愉快的事，特别是在傍晚，独自走到渡头，正要下四方的渡船亲自拉船索渡过去的时候。

话虽如此，此时也只是毛骨略略有点耸然，对于河水鬼却压根儿没有什么怕，而且还简直有点儿可以说是亲近之感。水乡的住民对于别的死或者一样地怕，但是淹死似乎是例外，实在怕也怕不得许多，俗语云，瓦罐不离井上破，将军难免阵前亡，如住水乡而怕水，那么只好搬到山上去，虽然那里又有别的东西等着，老虎、马熊。我在大风暴中渡过几口大树港，坐在二尺宽的小船内在白鹅似的浪上乱滚，转眼就可以沉到底去，可是像烈士那样从容地坐着，实在觉得比大元帅时代在北京还要不感到恐怖。还有一层，河水鬼的样子也很有点爱娇。普通的鬼保存它死时的形状，譬如虎伤鬼之一定大声喊阿唷，被杀者之必用一只手提了它自己的六斤四两的头之类，唯独河水鬼则不然，无论老的小的村的俊的，一掉到水里去就都变成一个样子，据说是身体矮小，很像是一个小孩子，平常三二成群，在岸上柳树下“顿铜钱”，正如街头的野孩子一样，一被惊动便跳下水去，有如一群青蛙，只有这个不同，青蛙跳时“不东”的有水响，有波纹，它们没有。为什么老年的河水鬼也喜欢摊钱之戏呢？这个，乡下懂事的老辈没有说明给我听过，我也没有本领自己去找到说明。

我在这里便联想到了在日本的它的同类。在那边称作“河童”，读如Kappa，说是Kawawappa之略，意思即是川童二字，仿佛芥川龙之介有过这样名字的一部小说，中国有人译为“河伯”，似乎不大妥帖。这与河水鬼有一个极大的不同，因为河童是一种生物，近于人鱼或海和尚。它与河水鬼相同要拉人下水，但也喜欢拉马，喜欢和人角力。它的形状大概如猿猴，色青黑，手足如鸭掌，头顶下凹如碟子，碟中有水时其力无敌，水涸则软弱无力，顶际有毛发一圈，状如前刘海，日本儿童有蓄此种发者至今称作河童发云。柳田国男在《山岛民谭集》（1914）中有一篇“河童驹引”的研究，冈田建文的《动物界灵异志》（1927）第三章也是讲河童的，他相信河童是实有的动物，引《幽明录》云：“水蝹一名蝹童，一名水精，裸形人身，长三五升，大小不一，眼耳鼻舌唇皆具，头上戴一盆，受水三五尺，只得水勇猛，失水则无勇力。”以为就是日本的河童。关于这个问题我们无从考证，但想到河水鬼特别不像别的鬼的形状，却一律地状如小儿，仿佛也另有意义，即使与日本河童的迷信没有什么关系，或者也有水中怪物的分子混在里边，未必纯粹是关于鬼的迷信了罢。

十八世纪的人写文章，末后常加上一个尾巴，说明寓意，现在觉得也有这个必要，所以添写几句在这里。人家要怀疑，即使如何有闲，何至于谈到河水鬼去呢？是的，河水鬼大可不谈，但是河水鬼的信仰以及有这信仰的人却是值得注意的。我们平常只会梦想，所见的或是天堂，或是地狱，但总不大愿意来望一望这凡俗的人世，看这上边有些什么人，是怎么想。社会人类学与民俗学是这一角落的明灯，不过在中国自然还不发达，也还不知道将来会不会发达。我愿意使河水鬼来做个先锋，引起大家对于这方面的调查与研究之兴趣。我想恐怕喜欢顿铜钱的小鬼没有这样力量，我自己又不能做研究考证的文章，便写了这样一篇闲话，要想去抛砖引玉实在有点惭愧。但总之关于这方面是“伫候明教”。

案山子

前几天在市场买了一本《新月》，读完罗隆基先生的论文之后，再读《四十自述》，这是《在上海》的下半篇，胡适之先生讲他自己作诗文的经验，觉得很有趣味。其中特别是这一节："我记得我们试译Thomas Campbell的Soldier's Dream一篇诗，中有scarecrow一个字，我们大家想了几天，想不出一个典雅的译法。"这个scarecrow不知道和我有什么情分，总觉得他是怪好玩的东西，引起我的注意。我查下页胡先生的译诗，第五六两句云，"枕戈藉草亦遽然，时见刍人影摇曳，"末后附注云，"刍人原作刍灵，今年改。"案《礼记·檀弓下》郑氏注云，"刍灵，束茅为人马，谓之灵者神之类，"可见得不是田家的东西，叫他作刍人，正如叶圣陶先生的"稻草人"，自然要好一点了。但是要找一个的确的译语，却实在不容易，所谓华英字典之流不必说了，手头也一册都没有，所以恕不查考，严几道的《英文汉诂》在一九〇四年出版，是同类中最典雅最有见识的一本书，二十七八年来我这意见还是一致，记得在“制字”篇中曾有译语，拿出来一翻，果然在第一百十节中有这一行云，“Scarecrow，吓鸦，草人用于田间以逐鸟雀者。”这个吓鸦的名称我清清楚楚地记在心里，今天翻了出来，大有旧雨重逢的快乐，这明白地是意译，依照“惊闺”等的例，可以算作一个很好的物名，可是，连他老人家也只能如此对付，更可见我们在刍人草人之外想去找更典雅的译名之全无希望了。

日本语中有案山子这个名称，读作加贺之（Kagashi），即是吓鸦。寺岛安良编《和汉三才图会》卷三十五农具部中有这一条，其文云：

“《艺文类聚》，古者人民质朴，死则裹以白茅，投之中野，孝子不忍父母为禽兽所食，则作弹以守之，绝鸟兽之害。

案，弹俗云案山子，今田圃中使草偶持弓，以防鸟雀也。备中国汤川寺玄宾僧都晦迹于民家之奴，入田护稻，以惊鸟雀为务，至今惧鸟雀刍灵称之僧都。”

上文所引《艺文类聚》原语多误，今依原书及《吴越春秋》改正。陈音对越王说，弩生于弓，弓生于弹，大约是对的，但是说弹起古之孝子，我颇有点怀疑，弹应该起于投石，是养生而不是送死的事吧。《说文解字》第八篇云，“弔，问终也，从人弓，古之葬者厚衣之以薪，故人持弓会驱禽也。”《急就章》第二十五云，“丧弔悲哀面目肿。”颜氏注，“弔，谓问终者也，于字人持弓为弔，上古葬者衣之以薪，无有棺椁，常苦禽鸟为害，故弔问者持弓会之，以助弹射也。”先有弓矢而后持弓弔丧助驱禽鸟，这比弹说似近于事实，虽然古代生活我们还未能怎么知道。或者再用刍灵代人持弓，设在墓地，后来移用田间，均属可能，不过都是推测渺茫之词，有点无征不信，而且我们谈吓鸦也不必苦苦研求他的谱系，所以就此搁起似乎也没有什么妨碍。

日本语加贺之的语源解释不一，近来却似乎倾向于《俚言集览》之旧说，云起于以串夹烧灼的兽肉，使闻臭气，以惊鸟兽也，故原语的意思可解作“使嗅”。川口孙治郎在所著《飞驒之鸟》中卷论案山子的地方说飞驒南部尚有此俗，田间植竹片，上缠毛发，涂猪油，烧使发臭气，以避野兽。早川孝太郎编《野猪与鹿与狸》中讲三河设乐郡村人驱野猪的方法，其一即是烟熏，“用破布为心，上包稻草，做成长的草苞模样，一头点火，挂竹竿尖上，插于田边。有极小者，夏天割草的女人挂在腰边，可避蚊虻，野猪闻布片焦臭气味亦不敢近也。”书中并图其形，与草人亦相去不远。二书皆近年新刊，为乡土研究社丛书之一，故所说翔实可信，早川氏之文尤可喜。

至于案山子三字全系汉文，日本不过借用，与那使他嗅是毫无关系的。这是怎么来的呢？《飞驒之鸟》中卷云：

“《嬉游笑览》云，惊鸟的加贺之，或写作案山子，是盖由于山寺禅僧之戏书吧。但是还不能确定，到了《梅园日记》，才说得稍详，今试引其大要于下。

“据《随斋谐话》，惊鸟偶人写作案山子，友人芝山曰，在《传灯录》《普灯录》《历代高僧录》等书中均有面前案山子之语，注曰，民俗刈草作人形，令置山田之上，防禽兽，名曰案山子。又《五灯会元》，《五祖师戒禅师》章有主山高，案山低，主山高崄崄，案山翠青青等语。案主山高，意为山之主，案山低，意当为上平如几案。低山之间必开田畴事耕种，惊鸟草人亦立于案山之侧，故山僧戏呼为案山子，后遂成为通称欤。”

上文征引层次不甚清，又虑有阙误，今姑仍之，只一查《景德传灯录》，在第十七卷《洪州云居山道膺禅师》条下有这一节：

“问孤迥且巍巍时如何，师曰，孤迥且巍巍。僧曰，不会。师言，面前案山子也不会。”

注不知是哪里的，我查不出，主山案山到底怎么讲我此刻也还不大明白。但是在第二十七卷找到了拾得大士的一件逸事，虽然没有说案山子，觉得仿佛有点儿关连：“有护伽蓝神庙，每日僧厨下食为乌所食，拾得以杖抶之曰，汝食不能护，安能护伽蓝乎？此夕神附梦于合寺僧曰，拾得打我。”把金钢当作案山子，因为乌鸦吃了僧厨下食，被和尚打得叫苦不迭，这里边如没有什么世间味，也总可以说有些禅味的吧。

中国诗文讲到案山子似乎很少、我是孤陋寡闻，真一句都想不出来，还是在《飞弹之鸟》里见到一首七绝，说是宋人所作，其词曰：

“小雨初晴岁事新，一犁江上趁初春，豆畦种罢无人守，缚得黄茅更似人。”

在日本文学里案山子时常出现，他有时来比落拓无能的人物，有时是用他的本色，这在俳句中尤为普通，今举两三句来做例，虽然这种诗是特别不能译的，译了之后便不成样子，看不出他原来的好处来了。

田水落了，细腰高撑的案山子呵。（芜村）

身的老衰呵，案山子的面前也觉得羞惭。（一茶）

夕阳的影，出到大路来的案山子呵。（召彼）

每回下雨，老下去的田间案山子呵。（马琴）

偷来的案山子的笠上雨来得急了。（虚子）

末了一句是现代的诗，曾经被小泉八云所赏识，说只用了十七个拼音成一句诗，描写流浪书生的穷困，此上想加以修正恐怕是不可能的吧。临了我想一看英国诗人怎样地歌唱我们的案山子，便去找寻胡适之先生所译的那篇《军人梦》的原诗，最初翻阅奥斯福本《英诗选》，里边没有，再看《英诗金库》，居然在第二百六十七首找到了。可是看到第六行却大吃一惊，胡先生译作“时见刍人影摇曳”的，其原文乃是“By the wolf-scaring faggot that guarded the slain”，直译是“在那保护战死者的，吓狼的柴火旁边”，却不见案山子的踪迹。我用两种小丛书本来对比，结果是一样。因为甘倍耳先生的诗句，引起我对于案山子的兴趣，可是说了一通闲话之后回过头来一看，穿蓑笠持弓矢的草人变了一堆火烟，案山子现出使他闻闻的本相来了，这又使我感到了另外一种的趣味。今天写完此文，适之想正在玩西湖吧，等他回北平来时再送给他看看去。

二十年十月十一日

关于蝙蝠

苦雨翁：

我老早就想写一篇文章论论这位奇特的黑夜行脚的蝙蝠君。但终于没有写，不，也可以说是写过的，只是不立文字罢了。

昨夜从苦雨斋谈话归来，车过西四牌楼，忽然见到几只蝙蝠沿着电线上面飞来飞去，似乎并不怕人，热闹市口他们这等游逛，说起来我还是第一次看见，岂未免有点儿乡下人进城乎。

“奶奶经”告诉我，蝙蝠是老鼠变的。怎样地一个变法呢？据云，老鼠嘴馋，有一回口渴，错偷了盐吃，于是脱去尾巴，生上翅膀，就变成了现在的蝙蝠这般模样。这倒也十分自在，未免更上一层楼，从地上的活动，进而为空中的活动，飘飘乎不觉羽化而登仙。但另有一说，同为老鼠变的则一，同为口渴的也则一，这个则是偷吃了油。我佛面前长明灯，每晚和尚来添油，后来不知怎地，却发现灯盘里面的油，一到隔宿便涓滴也没有留存。和尚好生奇怪，有一回，夜半，私下起来探视，却见一个似老鼠而又非老鼠的东西昏卧在里面。也许他正在朦胧罢，和尚轻轻地捻起，蓦然间它惊醒了，不觉大声而疾呼，“叽！叽！”

和尚慈悲，走出门，一扬手，喝道，

“善哉——

有翅能飞，

有足能走。”

于是蝙蝠从此遍天下。

生物学里关于蝙蝠是怎样讲法，现在也不大清楚了。只知道他是胎生的，怪别致的，走兽而不离飞鸟，生上这么两扇软翅，分明还记得，小时候读小学教科书（共和国的），曾经有过蝙蝠君的故事。唉，这太叫人什么了，想起那教科书，真未免对于此公有些不敬，仿佛说他是被厌弃者，走到兽群，兽群则曰，你有两翅，非我族类。走到鸟群，鸟群则曰，你是胎生，何与吾事。这似乎是因为蝙蝠君会有挑唆和离间的本事。究竟它和它的同辈争过怎样的一席长短，或者与它的先辈先生们有过何种利害冲突的关系，我俱无从知道，固然在事实上好像也找不出什么证据来。大抵这些都是由于先辈的一时高兴，任意赐给它的头衔罢。然而不然，不见夫钟馗图乎，上有蝙蝠飞来，据说这就是“福”的象征呢。在这里，蝙蝠君倒又成为“幸运儿”了。本来末，举凡人世所谓拥护呀，打倒呀之类，压根儿就是个倚伏作用，孟轲不也说过吗，“赵孟之所贵，赵盂能贱之。”蝙蝠君自然还是在那里过他的幽栖生活。但使我耽心的，不知现在的小学教科书，或者儿童读物里面，还有这类不愉快的故事没有。

夏夜的蝙蝠，在乡村里面的，却有着另一种风味。日之夕矣，这一天的农事告完。麦粮进了仓房。牧人赶回猪羊。老黄牛总是在树下多歇一会儿，嘴里懒懒嚼着干草，白沫一直拖到地，照例还要去南塘喝口水才进牛栏的罢。长工几个人老是蹲在场边，腰里拔出旱烟袋在那里彼此对火。有时也默默然不则一声。场面平滑如一汪水，我们一群孩子喜欢再也没有可说的，有的光了脚在场上乱跑。这时不知从哪里来的蝙蝠，来来往往的只在头上盘旋，也不过是树头高罢，孩子们于是慌了手脚，跟着在场上兜转，性子急一点的未免把光脚乱跺。还是大人告诉我们的，脱下一只鞋，向空抛去，蝙蝠自会钻进里边来，就容易把它捉住了。然而蝙蝠君却在逗弄孩子们玩耍，倒不一定会给捉住的，不过我们跷一只脚在场上跳来跳去，实在怪不方便的，一不慎，脚落地，踏上满袜子土，回家不免要挨父亲瞪眼。有时在外面追赶蝙蝠直至更深，弄得一身土，不敢回家，等到母亲出门呼唤，才没精打采的归去。

年来只在外面漂泊，家乡的事事物物，表面上似乎来得疏阔，但精神上却也分外地觉得亲近。偶尔看见夏夜的蝙蝠，因而想起小时候听白发老人说“奶奶经”以及自己顽皮的故事，真大有不胜其今昔之感了。

关于蝙蝠君的故事，我想先生知道的要多许多，写出来也定然有趣。何妨也就来谈谈这位“夜行者”呢?

Grahame的《杨柳风》（*The Wind in the Willows*）小书里面，不知曾附带提到这小动物没有，顺便的问一声。

七月二十日　启无

启无兄：

关于蝙蝠的事情我所知道的很少，未必有什么可以补充。查《和汉三才图会》卷四十二《原禽类》，引《本草纲目》等文后，按语曰：“伏翼身形色声牙爪皆似鼠而有肉翅，盖老鼠化成，故古寺院多有之。性好山椒，包椒于纸抛之，则伏翼随落，竟捕之。若所啮手指则难放，急以椒与之，即脱焉。其为鸟也最卑贱者，故俚语云，无鸟之乡蝙蝠为王。”案日本俗语“无鸟的乡村的蝙蝠”，意思就是矮子队里的长子。蝙蝠喜欢花椒，这种传说至今存在，如东京儿歌云：

“蝙蝠，蝙蝠，

给你山椒吧，

柳树底下给你水喝吧。

蝙蝠，蝙蝠，

山椒的儿，

柳树底下给你醋喝吧。”

北原白秋在《日本的童谣》中说：“我们做儿童的时候，吃过晚饭就到外边去，叫蝙蝠或是追蝙蝠玩。我的家是酒坊，酒仓左近常有蝙蝠飞翔。而且蝙蝠喜欢喝酒。我们捉到蝙蝠，把酒倒在碟子里，拉住它的翅膀，伏在里边给它酒喝。蝙蝠就红了脸，醉了，或者老鼠似的吱吱地叫了。”日向地方的童谣云，

“酒坊的蝙蝠，给你酒喝吧。

喝烧酒么，喝清酒么？

再下一点来再给你喝吧。”

有些儿童请它吃糟喝醋，也都是这个意思的变换。不过这未必全是好意，如长野的童谣便很明白，即是想脱一只鞋向空抛去也。其词曰：

“蝙蝠，来，

快来！

给你草鞋，快来！”

雪如女士编《北平歌谣集》一〇三首云：

“檐蝙蝠，穿花鞋，

你是奶奶我是爷。”

这似乎是幼稚的恋爱歌，虽然还是说的花鞋。

蝙蝠的名誉我不知道是否系为希腊老奴伊索所弄坏，中国

向来似乎不大看轻它的。它是暮景的一个重要的配色。日本《俳句辞典》中说，“无论在都会或乡村，薄暮的景色与蝙蝠都相调和，但热闹杂沓的地方其调和之度较薄。大路不如行人稀少的小路，都市不如寂静的小城，更密切地适合。看蝙蝠时的心情，也要仿佛感着一种萧寂的微淡的哀愁那种心情才好。从满腔快乐的人看去，只是皮相的观察，觉得蝙蝠在暮色中飞翔罢了，并没有什么深意，若是带了什么败残之憾或历史的悲愁那种情调来看，便自然有别种的意趣浮起来了。”这虽是《诗韵含英》似的解说，却也颇得要领。小时候读唐诗，（韩退之的诗么？）有两句云：“山石荦确行径微，黄昏到寺蝙蝠飞，”至今还觉得有趣味。会稽山下的大禹庙里，在禹王耳朵里做窠的许多蝙蝠，白昼也吱吱地乱叫，因为我们到庙时不在晚间，所以总未见过这样的情景。日本俳句中有好些咏蝙蝠的佳作，举其一二：

“蝙蝠呀，
屋顶草长——
圆觉寺。”

——亿兆子作

“蝙蝠呀，
人贩子的船

靠近了岸。”

——水乃家作

“土牢呀，

卫士所烧的火上的

食蚊鸟。”

——芋村作

Kakuidori，吃蚊子鸟，即是蝙蝠的别名。

格来亨的《杨柳风》里没有说到蝙蝠，他所讲的只是土拨鼠，水老鼠，罐，獭和癞蛤蟆。但是我见过一本《蝙蝠的生活》，很有文学的趣味，是法国Charles Derennes所著，Willcox女士于一九二四年译成英文，我所见的便是这一种译本。

十九年七月二十三日，岂明

| 村里的戏班子

去不去到里赵看戏文？七斤老捏住了照例的那四尺长的毛竹旱烟管站起来说。

好吧。我踌躇了一会才回答，晚饭后舅母叫表姐妹们都去做什么事去了，反正搓不成麻将。

我们出门往东走，面前的石板路朦胧地发白，河水黑黝黝的，隔河小屋里“哦”的叹了一声，知道劣秀才家的黄牛正在休息。再走上去就是外赵，走过外赵才是里赵，从名字上可以知道这是赵氏聚族而居的两个村子。

戏台搭在五十叔的稻地上，台屁股在半河里，泊着班船，让戏子可以上下，台前站着五六十个看客，左边有两间露天看台，是赵氏搭了请客人坐的。我因了五十婶的招待坐了上去，台上都是些堂客，老是嗑着瓜子，鼻子里闻着猛烈的头油气，戏台上点了两盏乌黰黰的发烟的洋油灯，侉侉侉地打着破锣，不一会儿有人出台来了，大家举眼一看，乃是多福纲司，镇塘殿的蛋船里的一位老大，头戴一顶灶司帽，大约是扮着什么朝代的皇帝。他在正面半桌背后坐了一分钟之后，出来踱了一趟，随即有一个赤背赤脚，单系一条牛头水裤的汉子，手拿两张破旧的令旗，夹住了皇帝的腰胯，把他一直送进后台去了。接着出来两三个一样赤着背，挽着纽纠头的人，起首乱跌，将他们的背脊向台板乱撞乱磕，碰得板都发跳，烟尘陡乱，据说是在“跌鲫鱼爆”，后来知道在旧戏的术语里叫作摔壳子。这一摔花了不少工夫，我渐渐有点忧虑，假如不是谁的脊梁或是台板摔断一块，大约这场跌打不会中止。好容易这两三个人都平安地进了台房，破锣又侉侉地开始敲打起来，加上了斗鼓的格答格答的声响，仿佛表示要有重要的事件出现了。忽然从后台唱起“呀”的一声，一位穿黄袍，手拿象鼻刀的人站在台口，台下起了喊声，似乎以小孩的呼笑为多：

“弯老，猪头多少钱一斤？……”

“阿九阿九，桥头吊酒……”

我认识这是桥头卖猪肉的阿九。他拿了象鼻刀在台上摆出好些架势，把眼睛轮来轮去的，可是在小孩们看了似乎很是好玩，呼号得更起劲了，其中夹着一两个大人的声音道：

“阿九，多卖点力气。”

一个穿白袍的撅着一枝两头枪奔出来，和阿九遇见就打，大家知道这是打更的长明，不过谁也和他不打招呼。

女客嗑着爪子，头油气一阵阵地熏过来。七斤老靠了看台站着，打了两个呵欠，抬起头来对我说道，到那边去看看吧。

我也不知道那边是什么，就爬下台来，跟着他走。到神桌跟前，看见桌上供着五个纸牌位，其中一张绿的知道照例是火神菩萨。再往前走进了两扇大板门，即是五十叔的家里。堂前一顶八仙桌，四角点了洋蜡烛，在差马将，四个人差不多都是认识的。我受了“麦馒烧”的供应，七斤老在抽他的旱烟——“湾奇”，站在人家背后看得有点入迷。胡里胡涂地过了好些时光，很有点儿倦怠，我催道，再到戏文台下溜一溜吧。

嗡，七斤老含着旱烟管的咬嘴答应。眼睛仍望着人家的牌，用力地喝了几口，把烟蒂头磕在地上，别转头往外走，我拉着他的烟必子，一起走到稻地上来。

戏台上乌黦黦的台亮还是发着烟，堂客和野小孩都已不见了，台下还有些看客，零零落落地大约有十来个人。一个穿黑衣的人在台上踱着。原来这还是他阿九，头戴毗卢帽，手执仙帚，小丑似的把脚一伸一伸地走路，恐怕是《合钵》里的法海和尚吧。

站了一会儿，阿九老是踱着，拂着仙帚。我觉得烟必子在动，便也跟了移动，渐渐往外赵方面去，戏台留在后边了。

忽然听得远远地破锣侉侉地响，心想阿九这一出戏大约已做完了吧。路上记起儿童的一首俗歌来，觉得写得很好：

台上紫云班，台下都走散。

连连关庙门，东边墙壁都爬坍。

连连扯得住，只剩一担馄饨担。

十九年六月

厂甸

琉璃厂是我们很熟的一条街。那里有好些书店，纸店，卖印章墨合子的店，而且中间东首有信远斋，专卖蜜饯糖食，那有名的酸梅汤十多年来还未喝过，但是杏脯蜜枣有时却买点来吃，到底不错。不过这路也实在远，至少有十里罢，因此我也不常到琉璃厂去，虽说是很熟，也只是一个月一回或三个月两回而已。然而厂甸又当别论。厂甸云者，阴历元旦至上元十五日间琉璃厂附近一带的市集，游人众多，如南京的夫子庙，吾乡的大善寺也。南新华街自和平门至琉璃厂中间一段，东西路旁皆书摊，西边土地祠中亦书摊而较整齐，东边为海王村公园，杂售儿童食物玩具，最特殊者有长四五尺之糖胡芦及数十成群之风车，凡玩厂甸归之妇孺几乎人手一串。自琉璃厂中间往南一段则古玩摊咸在焉，厂东门内有火神庙，为高级古玩摊书摊所荟萃，至于琉璃厂则自东至西一如平日，只是各店关门休息五天罢了。厂甸的情形真是五光十色，游人中各色人等都有，摆摊的也种种不同，适应他们的需要，儿歌中说得好：

新年来到，糖瓜祭灶。

姑娘要花，小子要炮。

老头子要戴新呢帽，

老婆子要吃大花糕。

至于我呢，我自己只想去看看几册破书，所以行踪总只在南新华街的北半截，迤南一带就不去看，若是火神庙那简直是十里洋场，自然更不敢去一问津了。

说到厂甸，当然要想起旧历新年来。旧历新年之为世诟病也久矣，维新志士大有灭此朝食之概，鄙见以为可不必也。问这有多少害处？大抵答语是废时失业，花钱。其实最享乐旧新年的农工商，他们在中国是最勤勉的人，平日不像官吏教员学生有七日一休沐，真是所谓终岁作苦，这时候闲散几天也不为过，还有那些小贩趁这热闹要大做一批生意，那么正是他们工作最力之时了。过年的消费据人家统计也有多少万，其中除神马炮仗等在我看了也觉得有点无谓外，大都是吃的穿的看的玩的东西，一方面需要者愿意花这些钱换去快乐，一方面供给者出卖货物得点利润，交易而退各得其所，不见得有什么地方不对。假如说这钱花得冤了，那么一年里人要吃一千多顿饭，算是每顿一毛共计大洋百元，结果只做了几大缸粪，岂不也是冤枉透了么？饭是活命的，所以大家以为应该吃，但是生命之外还该有点生趣，这才觉得生活有意义，小姑娘穿了布衫还要朵花戴戴，老婆子吃了中饭还想买块大花糕，就是为此。旧新年除与正朔不合外别无什么害处，为保存万民一点生趣起见，还是应当存留，不妨如从前那样称为春节，民间一切自由，公署与学校都该放假三天以至七天。——话说得太远了，还是回过来谈厂甸买书的事情罢。

厂甸的路还是有那么远，但是在半个月中我去了四次，这与玄同半农诸公比较不免是小巫之尤，不过在我总是一年里的最高记录了。二月十四日是旧元旦，下午去看一次，十八十九廿五这三天又去，所走过的只是所谓书摊的东路西路，再加上土地祠，大约每走一转要花费三小时以上。所得的结果并不很好，原因是近年较大的书店都矜重起来，不来摆摊，摊上书少而价高，像我这样"爬螺蛳船"的渔人无可下网。然而也获得几册小书，觉得聊堪自慰。其一是《戴氏注论语》二十卷合订一册，大约是戴子高送给谭仲修的罢，上边有"复堂所藏"及"谭献"这两方印。这书摆在东路南头的一个摊上，我问一位小伙计要多少钱，他一查书后粘着的纸片上所写"美元"字样，答说五元。我嫌贵，他说他也觉得有点贵，但是定价要五元。我给了两元半，他让到四元半，当时就走散了。后来把这件事告诉玄同，请他去巡阅的时候留心一问，承他买来就送给我，书末写了一段题跋云：

"民国廿三年二月廿日启明游旧都厂甸肆，于东莞伦氏之通学斋书摊见此谭仲修丈所藏之戴子高先生《论语注》，悦之，以告玄同，翌日廿一玄同住游，遂购而奉赠启明。”跋中廿日实是十九，盖廿日系我写信给玄同之日耳。

其二是《白华绛柎阁诗》十卷，二册一函。此书我已前有，今偶然看见，问其价亦不贵，遂以一元得之。《越缦堂诗话》的编者虽然曾说：“清季诗家以吾越李莼客先生为冠，《白华绛柎阁集》近百年来无与辈者。”我于旧诗是门外汉，对于作者自己“夸诩殆绝”的七古更不知道其好处，今买此集亦只是乡曲之见。诗中多言及故乡景物，殊有意思，如卷二《夏日行柯山里村》一首云：“溪桥才度庳篷船，村落阴阴不见天。两岸屏山浓绿底，家家凉阁听鸣蝉。”很能写出山乡水村的风景，但是不到过的也看不出好来罢。

其三是两册丛书零种，都是关于陆氏《草木鸟兽虫鱼疏》的，即焦循的《诗陆氏疏疏》，《南菁丛刻》本，与赵佑的《毛诗陆疏校正》聚学轩本。我向来很喜欢陆氏的虫鱼疏，只是难得好本子，所有的就是毛晋的《陆疏广要》和罗振玉的新校正本，而罗本又是不大好看的仿宋排印的，很觉得美中不足。赵本据《郘亭书目》说它好，焦本列举引用书名，其次序又依《诗经》重排，也有他的特长，不过收在大部丛书中，无从抽取，这回都得到了，正是极不易遇的偶然。翻阅一过，至“流离之子”一条，赵氏案语中云：“窃以鸮枭自是一物，今俗所谓猫头鹰，……哺其子既长，母老不能取食以应子求，则挂身树上，子争啖之飞去，其头悬着枝，故字从木上鸟，而枭首之象取之。”猫头鹰之被诬千余年矣，近代学者也还承旧说，上文更是疏状详明有若目击，未免可笑。学者笺经非不勤苦，而于格物欠下工夫，往往以耳为目。赵书成于乾隆末，距今百五十年矣，或者亦不足怪，但不知现在何如，相信枭不食母与乌不反哺者现在可有多少人也。

廿三年三月

入厕读书

郝懿行著《晒书堂笔录》卷四有《入厕读书》一条云：

“旧传有妇人笃奉佛经，虽入厕时亦讽诵不辍，后得善果而竟卒于厕，传以为戒，虽出释氏教人之言，未必可信，然亦足见污秽之区，非讽诵所宜也。《归田录》载钱思公言平生好读书，坐则读经史，卧则读小说，上厕则阅小词，谢希深亦言宋公垂每走厕必挟书以往，讽诵之声琅然闻于远近。余读而笑之，入厕脱裤，手又携卷，非惟太亵，亦苦甚忙，人即笃学，何至乃尔耶。至欧公谓希深言平生所作文章多在三上，乃马上枕上厕上也，盖惟此尤可以属思尔，此语却妙，妙在亲切不浮也。”郝君的文章写得很有意思，但是我稍有异议，因为我是颇赞成厕上看书的。

小时候听祖父说，北京的跟班有一句口诀云，老爷吃饭快，小的拉矢快，跟班的话里含有一种讨便宜的意思，恐怕也是事实。一个人上厕的时间本来难以一定，但总未必很短，而且这与吃饭不同，无论时间怎么短总觉得这是白费的，想方法要来利用他一下。如吾乡老百姓上茅坑时多顺便喝一筒旱烟，或者有人在河沿石礅下淘米洗衣，或有人挑担走过，又可以高声谈话，说这米几个铜钱一升或是到什么地方去。读书，这无非是喝旱烟的意思罢了。

话虽如此，有些地方原来也只好喝旱烟，于读书是不大相宜的。上文所说浙江某处一带沿河的茅坑，是其一。从前在南京曾经寄寓在一个湖南朋友的书店里，这位朋友姓刘，我从赵伯先那边认识了他，那年有乡试，他在花牌楼附近开了一家书店，我患病住在学堂里很不舒服，他就叫我住到他那里去，替我煮药煮粥，招呼考相公卖书，暗地还要运动革命，他的精神实在是很可佩服的。我睡在柜台里面书架子的背后，吃药喝粥都在那里，可是便所却在门外，要走出店门，走过一两家门面，一块空地的墙根的垃圾堆上。到那地方去我甚以为苦，这一半固然由于生病走不动，就是在康健时也总未必愿意去的，是其二。民国八年夏我到日本日向去访友，住在一个名叫木城的山村里，那里的便所虽然同普通一样上边有屋顶，周围有板壁门窗，但是他同住房离开有十来丈远，孤立田间，晚间要提了灯笼去，下雨还得撑伞，而那里雨又似乎特别多，我住了五天总有四天是下雨，是其三。末了是北京的那种茅厕，只有一个坑两垛砖头，雨淋风吹日晒全不管。去年往定州访伏园，那里的茅厕是琉球式的，人在岸上，猪在坑中，猪咕咕的叫，不习惯的人难免要害怕，哪有工夫看什么书，是其四。《语林》云，石崇厕有绛纱帐大床，茵蓐甚丽，两婢持锦香囊，这又是太阔气了，也不适宜。

其实我的意思是很简单的，只要有屋顶，有墙有窗有门，晚上可以点灯，没有电灯就点白蜡烛亦可，离住房不妨有二三十步，虽然也要用雨伞，好在北方不大下雨。如有这样的厕所，那么上厕时随意带本书去读读我想倒还是呒啥的吧。

谷崎润一郎著《摄阳随笔》中有一篇《阴翳礼赞》，第二节说到日本建筑的厕所的好处。在京都奈良的寺院里，厕所都是旧式的，阴暗而扫除清洁，设在闻得到绿叶的气味青苔的气味的草木丛中，与住房隔离，有板廊相通。

蹲在这阴暗光线之中，受着微明的纸障的反射，耽于瞑想，或望着窗外院中的景色，这种感觉真是说不出地好。他又说：

"我重复地说，这里须得有某种程度的阴暗，彻底的清洁，连蚊子的呻吟声也听得清楚地寂静，都是必须的条件。我很喜欢在这样的厕所里听萧萧地下着的雨声。特别在关东的厕所，靠着地板装有细长的扫出尘土的小窗，所以那从屋檐或树叶上滴下来的雨点，洗了石灯笼的脚，润了砧脚石上的苔，幽幽地沁到土里去的雨声，更能够近身地听到。实在这厕所是宜于虫声，宜于鸟声，亦复宜于月夜，要赏识四季随时的物情之最相适的地方，恐怕古来的俳人曾从此处得到过无数的题材吧。这样看来，那么说日本建筑之中最是造得风流的是厕所，也没有什么不可。"谷崎压根儿是个诗人，所以说得那么好，或者也就有点华饰，不过这也只是在文字上，意思却是不错的。日本在近古的战国时代前后，文化的保存与创造差不多全在五山的寺院里，这使得风气一变，如由工笔的院画转为水墨的枯木竹石，建筑自然也是如此，而茶室为之代表，厕之风流化正其余波也。

佛教徒似乎对于厕所向来很是讲究。偶读大小乘戒律，觉得印度先贤十分周密地注意于人生各方面，非常佩服，即以入厕一事而论，后汉译《大比丘三千威仪》下列举“至舍后者有二十五事”，宋译《萨婆多部毗尼摩得勒伽》六自“云何下风”至“云何筹草”凡十三条，唐义净著《南海寄归内法传》二有第十八“便利之事”一章，都有详细的规定，有的是很严肃而幽默，读了忍不住五体投地。我们又看《水浒传》鲁智深做过菜头之后还可以升为净头，可见中国寺里在古时候也还是注意此事的。但是，至少在现今这总是不然了，民国十年我在西山养过半年病，住在碧云寺的十方堂里，各处走到，不见略略象样的厕所，只如在《山中杂信》五所说：

“我的行踪近来已经推广到东边的水泉。这地方确是还好，我于每天清早没有游客的时候去徜徉一会，赏鉴那山水之美。只可惜不大干净，路上很多气味，——因为陈列着许多《本草》上的所谓人中黄。我想中国真是一个奇妙的国，在那里人们不容易得着营养料，也没有方法处置他们的排泄物。”

在这种情形之下，中国寺院有普通厕所已经是大好了，想去找可以瞑想或读书的地方如何可得。出家人那么拆烂污，难怪白衣矣。

但是假如有干净的厕所，上厕时看点书却还是可以的，想作文则可不必。

书也无须分好经史子集，随便看看都成。我有一个常例，便是不拿善本或难懂的书去，虽然看文法书也是寻常。据我的经验，看随笔一类最好，顶不行的是小说。至于朗诵，我们现在不读八大家文，自然可以无须了。

十二月

| 谈笔记

近来我很想看点前人笔记。中国笔记本来多得很，从前也杂乱的看得不少，可是现在的意思稍有不同。我所想看的目下暂以近三百年为准，换句话说差不多就是清代的，本来在上溯一点上去亦无不可，不过晚明这一类的著作太多，没有资力收罗，至于现代也不包括在里边，其理由却又因为是太少，新式的杂感随笔只好算是别一项目了。看法也颇有变更，以前的看笔记可以谓是从小说引申，现在是仿佛从尺牍推广，这句话有点说得怪，事实确实如此。

近年我搜集了些尺牍书，贵重难得的终于得不到外，大约有一百二十种，随便翻阅也觉得有意思，虽然写得顶好自然还只能推东坡和山谷。他们两位的尺牍实在与其题跋是一条根子的，所以题跋我也同样的喜欢看，而笔记多半——不，有些好的多是题跋的性质或态度，如东坡的《志林》更是一个明显的实例。我把看尺牍题跋的眼光移了去看笔记，多少难免有龃龉不相入处，但也未始不是一种看法。不过结果要把好些笔记的既定价值颠倒错乱一下罢了，据《四库全书总目提要》卷一一七《子部杂家类》下分类解说云：

“以立说者谓之杂学，辩证者谓之杂考，议论则兼叙述者谓之杂说，旁究物理胪陈纤琐者谓之杂品，类辑旧文涂兼众轨者谓之杂纂，合刻诸书不名一体者谓之杂编，凡六类。”

又卷一四〇《子部小说类》下云：

“迹其流别，凡有三派，其一叙述杂事，其一记录异闻，其一缀辑琐语也。”

照着上边的分法，杂家里我所取的只是杂说一类，杂考与杂品偶或有百一可取，小说家里单取杂事，异闻虽然小时候最欢喜，现在则用不着，姑且束之高阁。这实在是我看笔记最非正宗的一点。蒲留仙的《聊斋志异》纪晓岚的《阅微草堂笔记》五种，我承认他们是中国传奇文与志怪小说的末代贤孙，文章也写的不坏，可是现在没有他们的分。我这里所要的不是故事，只是散文小篇，是的，或者就无妨称为小品文，假如这样可以辨别得很清楚，虽然我原是不赞同这名称的。姑妄言之的谈狐鬼原也不妨，只苦于世上没有多少这种高明人，中间多数即不入迷也总得相信，至于讲报应的那简直是下流与恶趣了。

《广陵诗事》卷九引成安若《皖游集》云，太平寺中一豕现妇人足，弓样宛然，（其实是妇人现豕足耳，只可惜士女都未之知。）便相信逆妇变猪并非不经之谈。我曾这样说："阮芸台本非俗物，于考据词章之学也有成就，乃喜记录此等恶滥故事，殊不可解。世上不乏妄人，编造《坐花志果》等书，灾梨祸枣，汗牛充栋，几可自成一库，则亦听之而已，雷塘庵主奈何也落此科臼耶。"张香涛著《輶轩语》卷一中有《戒讲学误入迷途》一项云：

"昨在省会有一士以所著书来上，将《阴骘文》《感应篇》，世俗道流所谓《九皇经》《觉世经》，与《大学》《中庸》杂糅牵引，忽言性理，忽言易道，忽言神灵果报，忽言丹鼎符箓，鄙俚拉杂有如病狂，大为人心风俗之害，当即痛诋而麾去之。明理之士急宜猛省，要知此乃俗语所谓魔道，即与二氏亦无涉也。"张君在清末学者中不能算是大人物，这一节话却很有见识，为一般读书人所不能及，我曾批评陈云伯所著善书《莲花筏》，深惜其以聪明人而作鄙陋语，有云：

"此事殊出意外，盖我平时品评文人高下，常以相信所谓文昌与关圣，喜谈果报者为下等，以为颐道居士当不止于此也。"由此可知我对于这一类书是如何的没有好感，虽然我知道要研究士大夫的腐败思想这些都是极好的资料，但是现在无此雅兴，所以只好撂下。与这种神怪报应相反而亦为我所不要看的有专讲典章掌故的一类。如《啸亭杂录》《清秘述闻》《郎潜纪闻》等，无论人家怎么看重，认为笔记中的正宗，这都不相干，我总之是不喜欢，所以不敢请教，也并不一定是看不起，他们或者自有其用处，实在只是有点隔教，和我没有什么情分。有人要问，那么是否爱那轻松漂亮的一路呢？正如有人说我必须爱读《梅花草堂笔谈》与《幽梦影》，因为我曾经称扬过公安竟陵派的文学。其实这是未必然的。在一个月前我翻阅《复堂日记》，觉得有一件事情很有意思。《日记》卷三癸酉同治十二年项下有一则云：

“《西青散记》致语幽清，有唐人说部风，所采诸诗玄想微言，潇然可诵。以示眉叔，欢跃叹赏，固性之所近，施均父略繙五六纸掷去之矣。”《日记补录》（《念劬庐丛刻》本）光绪二年（丙子）八月初九日条下有云：

“舆中展《西青散记》八卷，如木瓜酿，如新来禽，此味非舌阁硬饼者所知。”又十二年（丙戌）二月初四日条云：

“阅《西青散记》，笔墨幽玄，心光凄澹，所录诗篇颇似明季钟谭一流，而视竟陵派为有生气也。”《日记续编》光绪二十三年（丁酉）四月十九日条云：

“《西青散记》附文略阅竟一过，嚼雪餐霞，味于无味，文章得山水之神，遇之于行墨之外，三十余年时时有故人之怀，非痂嗜也。”谭君于二十五年中四次赏扬《散记》，可知他对于此书确有一种嗜好，可是我却不敢附和。《复堂日记》中常记读小说，看他评定甲乙，其次序当是《琐蛣杂记》，《夜雨秋灯录》，《里乘》，《客窗闲话》，《伊园谈异》似亦可入，盖谭君多着重文字方面，又不以怪异果报为非也。我看笔记也要他文字好，朴素通达便好，并不喜欢浓艳波俏，或顾影弄姿，有名士美人习气，这一点意思与复堂不同，其次则无取志异。

《西青散记》的诗文确写得不坏，论大体可以与舒白香《游山日记》相比，两者都是才人之笔，但《日记》似乎是男性的，有见识有胆力，而《散记》乃是女性的，拉上许多贺双卿的传说，很有点粘缠，容易流入肉麻一路去，还有许多降乩的女仙和显圣的关公，难免雅得俗起来了。《散记》中也有几节文章可以选取的，如卷一记折柳亭的饮饯，卷二记姑恶鸟以及记络纬等鸣虫的一条，又有记儿时情时一则，与沈三白的《浮生六记》卷一所说文情相近。寒斋有瓜渚草堂旧刊本《西青散记》，有时候拿出来翻阅，也颇珍重，不过感情就只是如此而已，我是不喜欢古今名士派的，故对史梧冈未必能比张元长张心来更看得重也。

上边把各家的笔记乱说了一阵，大都是不满意的，那么到底好的有那几家呢？这话一言难尽，但简单的说，要在文词可观之外再加思想宽大，见识明达，趣味渊雅，懂得人情物理，对于人生与自然能巨细都谈，虫鱼之微小，谣俗之琐屑，与生死大事同样的看待，却又当作家常话的说给大家听，庶乎其可矣。人心不足蛇吞象，野心与理想都难实现，我只希望能具体而微，或只得其一部分，也已可以满足了。

据我近几年来的经验，觉得这个很不容易，读过的笔记本不多，较好的只有傅青主的杂记，刘继庄的《广阳杂记》，刘青园的《常谈》，郝兰皋的《晒书堂笔录》，马平泉的《朴丽子》，李登斋的《常谈丛录》，王白岩的《江州笔谈》等，此外赵云松俞理初的著作里也有可看的东西，而《四库总目》著录的顾亭林，王山史，宋牧仲，王贻上，陆扶照，刘玉衡诸人却又在其次了。这里我最觉得奇怪的是顾亭林的《日知录》，顾君的人品与学问是有定评的了，文章我看也写得很干净，那么这部举世推尊的《日知录》论理应该给我一个好印象，然而不然。我看了这书也觉得有几条是好的，有他的见识与思想，朴实可喜，看似寻常而别人无能说着，所以为佳，如卷十三中讲馆舍，街道，官树，桥梁，人聚诸篇皆是。但是我总感到他的儒教徒气，我不菲薄别人做儒家或法家道家，可是不可有宗教气而变成教徒，倘若如此则只好实行作揖主义，敬鬼神而远之矣。《日知录》卷十五《火葬》条下云：

“宋以礼教立国而不能革火葬之俗，于其亡也乃有杨琏真迦之事。”这岂不像是庙祝巫婆的话。卷十八《李贽》《钟惺》两条很明白的表出正统派的凶相，其《朱子晚年定论》一条攻击阳明学派则较为隐藏，末一节云：

“以一人而易天下，其流风至于百有余年之久者，古有之矣，王夷甫之清谈，王介甫之新说，其在于今则王伯安之良知是也。孟子曰，天下之生久矣，一治一乱。拨乱世反之正，岂不在于后贤乎。”又卷十九《修辞》一条攻击语录体文，末一则云：

“自嘉靖以后人知语录之不文，于是王元美之《劄记》，范介儒之《肤语》，上规子云，下法文中，虽所得有浅深之不同，然可谓知言者矣。”次条题曰《文人摹仿之病》，却劈头说道：

“近代文章之病全在摹仿，即使逼肖古人已非极诣，况遗其神理而得其皮毛者乎。”心有所蔽，便难免自己撞着，虽然末节的话说得很对，人家看了仍要疑惑，不能相信到底诚意何在。我不想来谤毁先贤，不过举个例子说明好的笔记之不可多得罢了。

我对于笔记与对于有些人认为神圣的所谓经是同样的要求，想去吸取一点滋味与养料，得到时同样的领受，得不到时也同样无所爱惜的抛在一旁了。

二十六年三月十日　在北平写

谈娱乐

我不是清教徒，并不反对有娱乐。明末谢在杭著《五杂俎》卷二有云：

“大抵习俗所尚，不必强之，如竞渡游春之类，小民多有衣食于是者，损富家之羡锄以度贫民之糊口，非徒无益有损比也，”清初刘继庄著《广阳杂记》卷二云：

“余观世之小人未有不好唱歌看戏者，此性天中之诗与乐也。未有不看小说听说书者，此性天中之书与春秋也。未有不信占卜祀鬼神者，此性天中之易与礼也。圣人六经之教原本人情而后之儒者乃不能因其势而利导之，百计禁止遏抑，务以成周之刍狗茅塞人心，是何异塞川使之不流，无怪具决裂溃败也。夫今之儒者之心为刍狗之所塞也久矣，而以天下大器使之为之，爱以图治，不亦难乎。”又清末徐仲可著《大受堂札记》卷五云：

“儿童叟妪皆有历史观念。于何征之，征之于吾家。光绪丙申居萧山，吾子新六方七龄，自塾归，老佣赵馀庆于灯下告以戏剧所演古事如三国志水浒传等，新六闻之手舞足蹈。乙丑居上海，孙大春八龄，女孙大庆九龄大庚六龄，皆喜就杨媪王媪听谈话，所语亦戏剧中事，杨京兆人谓之曰讲古今，玉绍兴人谓之曰说故事，三孩端坐倾听，乐以忘寝。坷于是知戏剧有启牖社会之力，未可以淫盗之事导人入于歧途，且又知力足以延保姆者之尤有益于儿童也。”三人所说都有道理，徐君的话自然要算最浅，不过社会教育的普通话，刘君能看出六经的本相来，却是绝大见识，这一方面使人知道民俗之重要性，别一方面可以少开儒者一流的茅塞，是很有意义的事。谢君谈民间习俗而注意经济问题，也很可佩服，这与我不赞成禁止社戏的意思相似，虽然我并不着重消费的方面，只是觉得生活应该有张弛，高攀一点也可以说不过是柳子厚题毛颖传里的有些话而已。

我所谓娱乐的范围颇广，自竞渡游者以至讲古今，或坐茶店，站门口，嗑瓜子，抽旱烟之类，凡是生活上的转换，非负担而是一种享受者，都可算在里边，为得要使生活与工作不疲敝而有效率，这种休养是必要的，不过这里似乎也不可不有个限制，正如在一切事上一样，即是这必须是自由的，不，自己要自由，还要以他人的自由为界。娱乐也有自由，似乎有点可笑，其实却并不然。娱乐原来也是嗜好，本应各有所偏爱，不会统一，所以正当的娱乐须是各人所最心爱的事，我们不能干涉人家，但人家亦不该来强迫我们非附和不可。我是不反对人家听戏的，虽然这在我自己是素所厌恶的东西之一，这个态度至少在最近二十年中一点没有改变。其实就是说好唱歌看戏是性天中之诗与乐的刘继庄，他的态度也未尝不如此，如《广阳杂记》卷二有云：

“饭后益冷，沽酒群饮，人各二三杯而止，亦皆醺然矣。饮讫，某某者忽然不见，询之则知往东塔街观剧矣。噫，优人如鬼，刺歌如哭，衣服如乞儿之破絮，科诨如泼妇之骂街，犹有人焉冲寒久立以观之，则声色之移人固有不关美好者矣。”又卷三云：

“亦舟以优觞款予，剧演玉连环，楚人强作吴歈，丑拙至不可忍。予向极苦观剧，今值此酷暑如焚，村优如鬼，兼之恶酿如药，而主人之意则极诚且敬，必不能不终席，此生平之一劫也。”刘君所厌弃者初看似是如鬼之优人，或者有上等声色亦所不弃，但又云向极苦观剧，则是性所不喜欢也。有人冲寒久立以观泼妇之骂街，亦有人以优觞相款为生平一劫，于此可见物性不齐，不可勉强，务在处分得宜，趋避有道，皆能自得，斯为善耳。不佞对于广阳子甚有同情，故多引用其语，差不多也就可以替我说话。不过他的运气还比较的要好一点，因为那时只有人请他吃酒看戏，这也不会是常有的事，为敷衍主人计忍耐一下，或者还不很难，几年里碰见一两件不如意事岂不是人生所不能免的么。优觞我不曾遇着过，被邀往戏园里去看当然是可能的，但我们可以谢谢不去，这就是上文所说还有避的自由也。譬如古今书籍浩如烟海，任人取读，有些不中意的，如卑鄙的应制宣传文，荒谬的果报录，看不懂的诗文等，便可干脆抛开不看，并没人送到眼前来，逼着非读不可。戏文是在戏园里边，正如鸦片是在某种国货店里，白面在某种洋行里一样，喜欢的人可以跑去买，若是闭门家里坐，这些货色是不会从顶棚上自己掉下来的。现在的世界进了步了，我们的运气便要比刘继庄坏得多，盖无线电盛行，几乎随时随地把戏文及其他擅自放进入家里来，吵闹得着实难过，有时真使人感到道地的绝望。去年五月间我写过一篇北平的好坏，曾讲到这件事，有云：

“我反对旧剧的意见不始于今日，不过这只是我个人的意见，自己避开戏园就是了，本不必大声疾呼，想去警世传道，因为如上文所说，趣味感觉各人不同，往往非人力所能改变，固不特鸦片小脚为然也。但是现在情形有点不同了，自从无线电广播发达以来，出门一望但见四面多是歪斜碎裂的竹竿，街头巷尾充满着非人世的怪声，而其中以戏文为最多，简直使人无所逃于天地之间，非硬听京戏不可，此种压迫实在比苛捐杂税还要难受。”我这里只举戏剧为例，事实上还有大鼓书，也为我所同样的恶痛绝的东西。本来我只在友人处听过一回大鼓书，留声机片也有两张刘宝全的，并不觉得怎么可厌，这一两个月里比邻整夜的点电灯并开无线电，白天则全是大鼓书，我的耳朵里充满了野卑的声音与单调的歌词，犹如在头皮上不断的滴水，使我对于这有名的清口大鼓感觉十分的厌恶，只要听到那崩崩的鼓声，就觉得满身不愉快。我真个服这种强迫的力量，能够使一个人这样确实的从中立转到反对的方面去。这里我得到两个教训的结论。宋季雅曰，一百万买宅，千万买邻。这的确是一句有经验的话。孔仲尼曰，己所不欲，勿施于人。这句话虽好，却还只有一半，己之所欲勿妄加诸人，也是同样的重要，我愿世人于此等处稍为吝啬点，不要随意以钟鼓享受居，庶几亦是一种忠恕之道也。

二十六年六月二十三日于北平

蚯蚓

忽然想到，草木虫鱼的题目很有意思，抛弃了有点可惜，想来续写，这时候第一想起的就是蚯蚓，或者如俗语所云是曲蟮。小时候每到秋天，在空旷的院落中，常听见一种单调的鸣声，仿佛似促织，而更为低微平缓，含有寂寞悲哀之意，民间称之曰曲蟮叹窠，倒也似乎定得颇为确当。案崔豹《古今注》云：

“蚯蚓一名蛩蟺，一名曲蟺，善长吟于地中，江东谓为歌女，或谓鸣砌。”由此可见蚯蚓歌吟之说古时已有，虽然事实上并不如此，乡间有俗谚其原语不尽记忆，大意云，蝼蛄叫了一世，却被曲蟮得了名声，正谓此也。

蚯蚓只是下等的虫豸，但很有光荣，见于经书。在书房里念四书，念到《孟子·滕文公下》论陈仲子处有云：

“充仲子之操，则蚓而后可者也，夫蚓上食槁壤，下饮黄泉。”这样它至少可以有被出题目做八股的机会，那时代圣贤立言的人们便要用了很好的声调与字面，大加以赞叹，这与螬同是难得的名誉。后来《大戴礼·劝学篇》中云：

“蚓无爪牙之利，筋脉之强，上食埃土，下饮黄泉，用心一也。”又杨泉《物理论》云：

“检身止欲，莫过于蚓，此志士所不及也。”此二者均即根据孟子所说，而后者又把邵武士人在《孟子正义》中所云但上食其槁壤之上，下饮其黄泉之水的事，看作理想的极廉的生活，可谓极端的佩服矣。但是现在由我们看来，蚯蚓固然仍是而且或者更是可以佩服的东西，它却并非陈仲子一流，实在乃是禹稷的一队伙里的，因为它是人类——农业社会的人类的恩人，不单是独善其身的廉士志士已也。

这种事实在中国书上不曾写着，虽然上食槁壤，这一句话也已说到，但是一直没有看出其重要的意义，所以只好往外国的书里去找，英国的怀德在《色耳彭的自然史》中，于一七七七年写给巴林顿第三十五信中曾说及蚯蚓的重大的工作，它掘地钻孔，把泥土弄松，使得雨水能沁入，树根能伸长，又将稻草树叶拖入土中，其最重要者则是从地下抛上无数的土块来，此即所谓曲蟮粪，是植物的好肥料。他总结说：

“土地假如没有蚯蚓，则即将成为冷，硬，缺少发酵，因此也将不毛了。”达尔文从学生时代就研究蚯蚓，他收集在一年中一方码的地面内抛上来的蚯蚓粪，计算在各田地的一定面积内的蚯蚓穴数，又估计他们拖下多少树叶到洞里去。这样辛勤的研究了大半生，于一八八一年乃发表他的大著《由蚯蚓而起的植物性壤土之造成》，证明了地球上大部分的肥土都是由这小虫的努力而做成的。他说：

“我们看见一大片满生草皮的平地，那时应当记住，这地面平滑所以觉得很美，此乃大半由于蚯蚓把原有的不平处所都慢慢的弄平了。想起来也觉得奇怪，这平地的表面的全部都从蚯蚓的身于里通过，而且每隔不多几年，也将再被通过。耕犁是人类发明中最为古老也最有价值之一，但是在人类尚未存在的很早以前，这地乃实在已被蚯蚓都定期的耕过了。世上尚有何种动物，像这低级的小虫似的在地球的历史上，担任着如此重要的职务者，这恐怕是个疑问吧。”

蚯蚓的工作大概有三部分，即是打洞，碎土，掩埋。关于打洞，我们根据汤木孙的一篇《自然之耕地》，抄译一部分于下：

“蚯蚓打洞到地底下深浅不一，大抵二英尺之谱。洞中多很光滑，铺着草叶。末了大都是一间稍大的房子，用叶子铺得更为舒服一点。在白天里洞门口常有一堆细石子，一块土或树叶，用以阻止蜈蚣等的侵入者，防御鸟类的啄毁，保存穴内的润湿，又可抵挡大雨点。

“在松的泥土打洞的时候，蚯蚓用它身子尖的部分去钻。但泥土如是坚实，它就改用吞泥法打洞了。它的肠胃充满了泥土，回到地面上把它遗弃，成为蚯蚓粪，如在草原与打球场上所常见似的。

“蚯蚓吞咽泥土，不单是为打洞，它们也吞土为的是土里所有的腐烂的植物成分，这可以供他们做食物。在洞穴已经做好之后，抛出在地上的蚯蚓粪那便是为了植物食料而吞的土了，假如粪出得很多，就可推知这里树叶比较的少用为食物，如粪的数目很少，大抵可以说蚯蚓得到了好许多叶子。在洞穴里可以找到好些吃过一半的叶子，有一回我们得到九十一片之多。

“在平时白天里蚯蚓总是在洞里休息，把门关上了。在夜间它才活动起来了，在地上寻找树叶和滋养物，又或寻找配偶。打算出门去的时候，蚯蚓便头朝上的出来，在抛出蚯蚓粪的时候，自然是尾巴在上边，它能够在路上较宽的地方或是洞底里打一个转身的。”

碎土的事情很是简单，吞下的土连细石子都在胃里磨碎，成为细腻的粉，这是在蚯蚓粪可以看得出来的。掩埋可以分作两点。其上是把草叶村子拖到土里去，吃了一部分以外多腐烂了，成为植物性壤土，使得土地肥厚起来，大有益于五谷和草木。其二是从底下抛出粪土来把地面逐渐掩埋了。地平并未改变，可是底下的东西搬到了上边来。这是很好的耕田。据说在非洲西海岸的一处地方，每一方里面积每一年里有六万二千二百三十三吨的土搬到地面上来，又在二十七年中，二英尺深地面的泥土将颗粒不遗的全翻转至地上云。达尔文计算在英国平常耕地每一亩中平均有蚯蚓五万三千条，但如古旧休闲的地段其数目当增至五十万。此一亩五万三千的蚯蚓在一年中将把十吨的泥土悉自肠胃通过，再搬至地面上。在十五年中此土将遮盖地面厚至三寸，如六十年即积一英尺矣。这样说起来，蚯蚓之为物虽微小，其工作实不可不谓伟大。古人云，民以食为天，蚯蚓之功在稼穑，谓其可以与大禹或后稷相比，不亦宜欤。

末后还想说几句话，不算什么辟谣，亦只是聊替蚯蚓表明真相而已。《太平御览》九四七引郭景纯《蚯蚓赞》云：

“蚯蚓土精，无心之虫，交不以分，淫于阜螽，触而感物，乃无常雄。”又引刘敬叔《异苑》，云宋元嘉初有王双者，遇一女与为偶，后乃见是一青色白领蚯蚓，于时咸谓双暂同阜螽矣。案由此可知晋宋时民间相信蚯蚓无雄，与阜螽交配，这种传说后来似乎不大流行了，可是它总有一种特性，也容易被人误解，这便是雌雄同体这件事。怀德的《观察录》中昆虫部分有一节关于蚯蚓的，可以抄引过来当资料，其文云：

“蚯蚓夜间出来躺在草地上，虽然把身子伸得很远，却并不离开洞穴，仍将尾巴末端留在洞内，所以略有警报就能急速的退回地下去。这样伸着身子的时候，凡是够得着的什么食物也就满足了，如草叶、稻草、树叶，这些碎片它们常拖到洞穴里去。就是在交配时，它的下半身也决不离开洞穴，所以除了住得相近互相够得着的以外，没有两个可以得有这种交际，不过因为它们都是雌雄同体的，所以不难遇见一个配偶，若是雌雄异体则此事便很是困难了。”案雌雄同体与自为雌雄本非一事，而古人多混而同之。《山海经》—《南山经》中云：

“有兽焉，其状如狸而有髦，其名曰类，自为牡牝，食者不妒。”郝兰皋《疏》转引《异物志》云：灵猫一体，自为阴阳。又三《北山经》云，带山有鸟名曰鵸鵌，是自为牝牡，亦是一例。而王崇庆在释义中乃评云：

“鸟兽自为牝牡，皆自然之性，岂特鵸鵌也哉。”此处唯理派的解释固然很有意思，却是误解了经文，盖所谓自者非谓同类而是同体也。郭景纯《类赞》云：

“类之为兽，一体兼二，近取诸身，用不假器，窈窕是佩，不知妒忌。”说的很是明白。但是郭君虽博识，这里未免小有谬误，因为自为牝牡在事实上是不可能的，只有笑话中说说罢了，粗鄙的话现在也无须传述。《山海经》里的鸟兽我们不知道，单只就蚯蚓来说，它的性生活已由动物学者调查清楚，知道它还是二虫相交，异体受精的，瑞德女医师所著《性是什么》，书中第二章论动物间性，举水螅、蚯蚓、蛙、鸡、狗五者为例，我们可以借用讲蚯蚓的一小部分来做说明。据说蚯蚓全身约共有百五十节，在十三节有卵巢一对，在十及十一节有睾丸各两对，均在十四节分别开口，最奇特的是在九至十一节的下面左右各有二口，下为小囊，又其三二至三七节背上颜色特殊，在产卵时分泌液质作为茧壳。凡二虫相遇，首尾相反，各以其九至十三节一部分下面相就，输出精子入于对方的四小囊中，乃各分散，及卵子成熟时，背上特殊部分即分泌物质成筒形，蚯蚓乃缩身后退，筒身擦过十三四节，卵子与囊中精子均粘着其上，遂以并合成胎，蚓首缩入筒之前端，此端即封闭，及首退出后端，亦随以封固而成茧矣。以上所述因力求简要，说的很有欠明白的地方，但大抵可以明了蚯蚓生殖的情形，可知雌雄同体与自为牝牡原来并不是一件事。蚯蚓的名誉和我们本是风马牛不相及，也不必替它争辩，不过为求真实起见，不得不说明一番，目的不是写什么科学小品，而结果搬了些这一类的材料过来，虽不得已，亦是很抱歉的事也。

民国甲申九月二十四日所写　续草木虫鱼之一

爆竹

旧历新年到来了，常常或远或近的听到炮仗，特别是鞭炮的声音，这使我很觉得喜欢。对于炮仗这件物事，在感情上我有过好些的变迁。最初小时候觉得高兴，因为它表示热闹的新年就要来了，虽然听了声响可怕，不敢走近旁边去。中年感觉它吵得讨厌，又去与迷信结合了想，对于辟邪与求福的民间的愿望表示反对，三十多年前在北京西山养病，看了英敛之的文章，有一个时候曾想借了一神教的力量来驱除多神教的迷信，这种驱狼引虎的思想真是十分可笑的。近来不好说老，但总之意见上有了改变，又觉得喜欢炮仗了，不但因为这声音很是阳气，有明朗的感觉，也觉得驱邪降福的思想并不坏，多神教的迷信还比一神教害处小，也更容易改革。

放烟火（或称为焰火）在各国多有这个风俗，至于炮仗，由鞭炮以至双响，似乎是中国所特有的。有欧洲人曾经说过幽默的话，中国人是最聪明的民族，发明了火药，只拿去做花炮，不曾用以杀人。这话说得有点滑稽，却是正确的。过去中国人在文化上有过许多发明；只是在武器方面却没有，史称造五兵的乃是蚩尤，可知中国古人虽是英勇，但用以却敌的正是敌人的兵器。

炮仗起源于“爆竹”，民间祀神的时候，拿竹枝来烧在火里，劈拍作响，据古书上说，目的是在于吓走独只脚的山魈。这种风俗在华东有些地方一直存在，若是使用大竹，那末竹节裂开来，一定声音更响了，不过个人的经验上不曾听到过。过去放炮仗的用意是逐鬼，普通说是敬神，乃是后起的变化，现在只是表示喜悦与庆祝，正是更进一步，最是正当的用处了。

现今的炮仗使用得确当，但是过去用于驱邪降福，虽然涉于迷信，我以为也未可厚非，因为这用意总是对的，不过手段错误罢了。驱邪降福，这是一切原始宗教的目的。英国一个希腊神话女学者曾扼要的说过：“宗教的冲动单只向着一个目的，即生命之保存与其发展。宗教用两种方法去达到这个目的，一是消极的，除去一切于生命有害的东西，一是积极的，招进一切于生命有利的东西。全世界的宗教仪式不出这两种，一是驱除的，一是招纳的。饥饿与无子是人生最重要的敌人，这个他要设法驱逐它。丰穣与多子是他最大的幸福，这是他所想要招进来的。”人类本有求生存与幸福的欲望，把这向着天空这便是迷信，若是向着地面看，计划在地上建起乐园来，那即是社会主义的初步了。中国老百姓希望能够安居乐业，过去搞过各种仪式祈求驱邪降福，结果都落了空，后来举起头来一看，面前便有一条平阳大道，可以走到目的地去，那末何乐而不走呢？敬神没有用了，做炮仗是中国固有技术之一，仍旧制作些出来，表示旧新年的快乐与热闹，岂不正是很适宜的事情么？

泥孩儿

从前在什么书上，看见德国须勒格尔博士说，东亚的人形玩具始于荷兰的输入，心里不大相信，虽然近世的“洋娃娃”这句话似乎可以给它作一个证明。本来这人形玩具的起源当在上古时代，各国都能自然发生，如埃及、希腊、罗马的古坟据说都发见过牙雕或土制的偶人，大抵是在儿童的坟里，所以知道是玩具的性质，另外有殉葬的一种，用以替代活人，那是所谓“俑”了。由是可知，这种玩具的偶人的起源不可能有一定的地方，应是各地自由发展。可是它又很容易感受外来的影响，现时的洋娃娃服装相貌还没有和老百姓一样，宋代曾通称摩侯罗或磨喝乐，也是外来语，大概与佛教有关系，虽然还没有考究出它的来源。这在《老学庵笔记》中称作“泥孩儿”，当是指泥制的孩儿那一种，但别处又见有“帛新妇子”与“磁新妇子”的名称，可见也有一种“美人儿”，比现代的洋娃娃式样更多了。

小时候在乡下买“烂泥菩萨”玩耍，有状元；有“一团和气”；还有妇女，通称“老嬷”，即指“堕民”中的女人，因为她们在前朝是贱民，规定世世给平民服役，女人都还穿的古装束，青衣裙青背心，发梳作高髻，称“朝前髻”（平民妇女唯居丧时梳此髻）。土偶作古装，无人能识，所以认错了。现在想起来，这种“老嬷”的烂泥菩萨，着实可以珍重保存，只可惜现今恐怕已经找不到了。

中国历代的“俑”，自六朝至唐，尚留存不少，很可以供给画家和排演电影的人作参考，人形玩具如能保留，亦可有不小用处。但玩具殉葬到底是绝少数，平常玩耍过后全部毁弃，古时玩具无由得见。这不但是实物难得，便是文字纪录，也极不易找，盖由中国文人太是正经，受儒教思想的束缚，对于生活细节，怕涉烦琐，不敢下笔的缘故。

汉人在《潜夫论》中有云：“或作泥车瓦狗诸戏弄之具，以巧诈小儿，皆无益也。”可以代表士大夫的玩具观。我们从佛经中看来，印度就要好得多多。如在《大智度论》中说：“人有一子，喜不净中戏，聚土为谷，以草木为鸟兽，而生爱着，人有夺者，嗔恚啼哭，其父知已，此子今虽爱着，此事易离耳，小大自休。”末句轻轻四字，是多么有理解的话。又《六度集经》中记须大拿王子将二子布施给人，王妃悲叹，“今儿戏具，泥象泥牛，泥马泥猪，杂巧诸物，纵横于地，睹之心感。”也说的很有人情。

为了儿童的福利，应该发展玩具制作，特别是人形玩具这一部门古来的“泥孩儿”，“美人儿”，都能有新发展，此外泥车瓦狗，泥马泥猪，也是必要的，这应与新文明的玩具并重，不可落后，因为这些固然是旧的，但正是日常生活中所有的事物。本来想谈谈玩具的事情，却不料只说得偶人这一方面，所以题目也就用了宋人所说的泥孩儿，虽然这一个字不大能够包括人形玩具的全部。

不倒翁

不倒翁是很好的一种玩具，不知道为什么在中国不很发达。这物事在唐朝就有，用作劝酒的东西，名为“酒胡子”，大约是做为胡人的样子，唐朝是诸民族混合的时代，所以或者很滑稽的表现也说不定。三十年前曾在北京古董店看到一个陶俑，有北朝的一个胡奴像，坐在地上弹琵琶，同生人一样大小。这是一个例子，可见在六朝以后，胡人是家庭中常见的。这酒胡子有多么大，现在不知道了，也不知道怎样用法，我们只从元微之的诗里，可以约略晓得罢了：“遣闷多凭酒，公心只仰胡，挺身惟直指，无意独欺愚。”这办法传到宋朝，《墨庄漫录》记之曰：“饮席刻木为人而锐其下，置之盘中左右欹侧，僛僛然如舞状，力尽乃倒，视其传筹所至，酹之以杯，谓之劝酒胡。”这劝酒胡是终于跌倒的——不过一时不容易倒——所以与后来的做法不尽相同；但于跌倒之前要利用它的重心，左右欹侧，这又同后来是相近的了。做成“不倒翁”以后，辈分是长了，可是似乎代表圆滑取巧的作用，它不给人以好印象，到后来与儿童也渐益疏远了。名称改为“扳不倒”，方言叫做“勃弗倒”，勃字写作正反两个“或”字在一起，难写得很，也很难有铅字，所以从略。

不倒翁在日本的时运要好得多了。当初名叫“起来的小和尚”，就很好玩。在日本狂言里便已说及，“狂言”系是一种小喜剧，盛行于十二三世纪，与中国南宋相当。后来通称“达摩”，因画作粗眉大眼，身穿绯衣，兜住了两脚，正是“画壁九年”的光景。这位达摩大师来至中国，建立禅宗，在思想史上确有重大关系，但与一般民众和妇孺，却没有什么情分。

在日本，一说及达摩，真是人人皆知，草木虫鱼都有以他为名的，有形似的达摩船，女人有达摩髻，从背上脱去外套叫做“剥达摩”。眼睛光溜溜的达摩，又是儿童多么热爱的玩具呀！达摩的“趺跏而坐”的坐法，特别也与日本相近，要换别的东西上去很容易，这又使“达摩”变化成多样的模型。从达摩一变而成“女达摩”，这仿佛是从“女菩萨”化出来的，又从女达摩一变而化作儿童，便是很顺当的事情了。名称虽是“达摩”，男的女的都可以有，随后变成儿童，就是这个缘故。日本东北地方寒冷，冬天多用草囤安放小孩，形式略同“猫狗窝”相似，小孩坐在里边，很是温暖；尝见鹤冈地方制作这一种“不倒翁”，下半部是土制的，上半部小孩的脸同衣服，系用洋娃娃的材料制成。这倒很有一种地方色彩。

不倒翁本来是上好的发明，就只是没有充分的利用，中国人随后“垂脚而坐”的风气，也不大好用它。但是，这总值得考虑，怎样来重新使用这个发明，丰富我们玩具的遗产；问题只须离开成人，不再从左右摇摆去着想，只当他作小孩子看待，一定会得看出新的美来的吧。

| 爱竹

我对于植物的竹有一种偏爱，因此对于竹器有特别的爱好。首先是竹榻，夏天凉飕飕的顶好睡，尤其赤着膊，唯一的缺点是竹条的细缝会得挟住了背上的“寒毛”，比蚊子咬还要痛。有一种竹汗衫，说起来有点相像，用长短粗细一定竹枝，穿成短衫，衬在衣服内，有隔汗的功用，也是很好的，也就是有夹肉的毛病。此外竹的用处，如笔，手杖，筷子，晾竿，种种编成的筐子，盒子，簟席，凳椅，说不尽的各式器具。竹的服装比较的少，除汗衫外，只有竹笠。我又从竹工专家的章福庆（“闰土”的父亲）那里看见过“竹履”，这是他个人的发明，用半截毛竹钉在鞋底上，在下雨天穿了，同钉鞋一样走路。不见有第二个人穿过，但他的崭新的创意，这里总值得加以纪录的。

这时首先令人记忆起的，是宋人的一篇《黄冈竹楼记》。这是专讲用竹子构造的房子，我因小时候的影响，所以很感得一种向往，不敢想得到这么一所房子来住，对于多竹的地方总是觉得很可爱好的。用竹来建筑，竹劈开一半，用作“水溜”，大概是顶好的，此外多少有些缺点，这便是竹的特点，它爱裂开，有很好的竹子本可做柱，因此就有了问题了。细的竹竿晒晾衣服，又总有裂缝，除非是长久泡在水里的“水竹管”，这才不会得开裂。假如有了一间好好的竹房，却到处都是裂缝，也是十分扫兴的事，因此推想起来，这在事实上大抵是不可能的了。

不得已而思其次，是在有竹的背景里，找这么一个住房，便永远与竹为邻。竹的好处我曾经说过，因为它好看，而且有用。树木好看的，特别是我主观的选定的也并不少，有如杨柳、梧桐、棕榈等皆是，只是用处较差，柳与桐等木材与棕皮都是有用的东西，可是比起竹来，还相形见绌，它们不能吃，就是没有竹笋。爱竹的缘故说了一大篇，似乎是很“雅”，结果终于露出了马脚，归根结蒂是很俗的，为的爱吃笋。说起竹谁都喜爱，似乎这代表“南方”，黄河以南的人提到竹，差不多都感到一种“乡愁”，但这严格的说来，也是很俗的乡愁罢了。将来即使不能到处种竹，竹器和竹笋能利用交通工具，迅速运到，那末这种乡愁已就不难消灭了。

猫打架

现在时值阴历三月，是春气发动的时候，夜间常常听见猫的嚎叫声甚凄厉，和平时迥不相同，这正是“猫打架”的时节，所以不足为怪的。但是实在吵闹得很，而且往往是在深夜，忽然庭树间嚎的一声，虽然不是什么好梦，总之给它惊醒了，不是愉快的事情。这便令我想起五四前后初到北京的事情来，时光过的真快，这已是四十多年前的事了。我写过《补树书屋旧事》，第七篇叫做《猫》，这里让我把它抄一节吧：

“说也奇怪，补树书屋里的确也不大热，这大概与那大槐树有关系，它好像是一顶绿的大日照伞，把可畏的夏日都给挡住了。这房屋相当阴暗，但是不大有蚊子，因为不记得用过什么蚊子香；也不曾买有蝇拍子，可是没有苍蝇进来，虽然门外面的青虫很有点讨厌。那么旧的屋里该有老鼠，却也并不是，倒是不知道哪里的猫常在屋上骚扰，往往叫人整半夜睡不着觉，在一九一八年旧日记里边便有三四处记着‘夜为猫所扰，不能安睡’。不知道在鲁迅日记上有无记载，事实上在那时候大抵是大怒而起，拿着一枝竹竿，搬了小茶儿，到后檐下放好，他便上去用竹竿痛打，把它们打散，但也不长治久安，往往过一会又回来了。《朝花夕拾》中有一篇讲到猫的文章，其中有些是与这有关的。”说到《朝花夕拾》，虽然这是有许多人看过的书，现在我也找有关摘抄一点在这里：

“要说得可靠一点，或者倒不如说不过困为它们配合时候的嚎叫，手续竟有这么繁重，闹得别人心烦，尤其是夜间要看书睡觉的时候。当这些时候，我便要用长竹竿去攻击它们。狗们在大道上配合时，常有闲汉拿了木棍痛打，我曾见大勃吕该尔的一张铜版画上也画着这样事，可见这样的举动，是古今中外一致的。打狗的事我不管，至于我的打猫，却只因为它们嚷嚷，此外并无恶意。”

可是奇怪得很，日本诗人们却对它很是宽大，特别是以松尾芭蕉为祖师一派俳人（做俳句的人）不但不嫌恶它还收它到诗里去，我们仿大观园的傻大姐称之曰猫打架的，他们却加以正面的美称曰猫的恋爱，在《俳谐岁时记》中春季项下堂堂的登载着。俳句中必须有季题，这岁时记便是那些季题的集录，在《岁时记》春季的动物项下便有猫的恋爱这一种，解说道：

“猫的交尾虽是一年有四回，但以春天为显著。时届早春，凡入交尾期的猫也不怕人，不避风雨，昼夜找寻雌猫，到处奔走，连饭也不好好的吃。常有数匹发疯似的争斗，用了极其迫切的叫声诉其热情。数日之后，憔悴受伤，遍身乌黑的回来，情形很是可怜。”

这里诗人对于它们似乎颇有同情，芭蕉有诗云：

“吃了麦饭，为了恋爱而憔悴了么，女猫。”

比他稍后的召波则云：“爬过了树，走近前来调情的男猫啊。”

但是高井几厘的句云：“滚了下去的声响，就停止了的猫的恋爱。”又似乎说滚得好，有点拿长竹竿的意思了。

小林一茶说：“睡了起来，打了一个大呵欠的猫的恋爱。”这与近代女流俳人杉田久女所说的：

“恋爱的猫，一步也不走进夜里的口（此字原刊脱漏）门。”大概只是形容它们的忙碌罢了。

《俳谐岁时记》是从前传下来的东西，虽然新的季题不断的增入，可是旧的却还是留着，这里“猫的恋爱”与鸟雀交尾总还是事实，有些空虚的传说却也罗列着，例如“田鼠化为鴽”以及“獭祭鱼”之类。大概这很受中国的月令里七十二候的影响，不过大雪节的三候中有“虎始交”，《岁时记》里却并不收，我想或者是因为难得看见老虎的缘故吧。虎猫本是同类，恐怕也是那么的嚷嚷的，但是不听见有人说起过，现代讲动物园的书有些描写它们的生活，也不曾见有记录。《七十二候图赞》里画了两只老虎相对，一只张着大嘴，似乎是吼叫的样子，这或者是仿那猫的作风而画的吧。赞曰：

“虎至季冬，感气生育，虎客不复，后妃乱政。”意思不很明白，第三句里似乎可能有刻错的字，但是也不知道正文是什么字了。

鬼念佛

近来多少年中写过好些说鬼的文章，仿佛是和鬼很有情分似的，其实当然不是如此。倘若是这样说法，那么我也颇有点喜欢说道学家与桐城派，难道也可以说我和他们很有情分吗？不过这两边说来也是有差别的，对于道学家与桐城派我只有反感，提起来时总不免说它几句坏话，可是对于鬼却并不这样，要来说好话呢，那也未必，因为现在虽然不敢说是不怕鬼，过去听它们的故事，影响实在受的太深了，但是我只敢说，我是自信就是死后也决不会变鬼的。我之所以屡次讲起它者，乃是因为对于它有兴味，即是鬼的概念与现实生活有何矛盾与调和。即如关于鬼的生长的问题，经过了好些穿凿却终于没有什么结果，这可见鬼的问题是怎么的不好搞了。

问题固然是不好搞，但是主要的原因却也是因为材料实在是难得，这些材料全都是散在古今的杂书里，第一要有闲工夫来杂乱的看书，才能一点点的聚集起来，第二是要有这许多书籍，这却是二件难事。现在我所有的材料只是几本日本旧书，其一是石桥卧波的《鬼》，是普通学术丛书之一，一九〇九年出版的。其二是武笠三诸编注的《鹑衣》，共有三册，一九二四年三版，本是横井也有的俳文集，因卷一中有一篇《鬼传》和《妖物论》，所以这里用作参考。其三是一九二一年稀书复制会所翻印的《追分绘》，乃是宝永六年（一七〇九）的原刊，共四十幅，画者署名“雪舟未孙等硕”。雪舟名小田等扬，是十五世纪的画僧，曾经到中国来过。等硕盖是雪舟一派的画师，所以和他父亲高城寺等观在名字里都有一个等字，可以推知。这三部书性质很不一样，可是关于说鬼在我很有用处，所以列举在一起了。

日本的所谓鬼，与中国所说的很有些不同，仿佛他们的鬼大抵是妖怪，至于人死为鬼则称曰幽灵，古时候还相信人如活着，灵魂也可以出现，去找有怨恨的人，有时本人还不觉得，这就叫作生灵，和死灵相对。他们所说的鬼，多少是参杂佛教思想与固有思想而成功的，它的形状是身体加人，头有双角，圆眼巨口锯牙，面如狮虎，两足各有二趾或三趾，或云从佛经的牛首阿旁变来，或云占卜以东北方面为鬼门，中国称为良方，日本则读作丑寅，马牛虎同训，故画鬼像牛头，而着虎皮裤，则当是后起的说明，却也说的很是巧妙。

日本讲鬼那是妖怪的故事，有许多好的，可以和中国古代的志怪相比。因为这种怪物与人鬼不相同，幽灵找人，必定有什么缘因，不论冤愆或是系恋，就是所谓业，它找的就是个人，无论在什么地方必当找着，但是怪物必定蹲在一定的地方，你如若走到那里去，就得碰上它，不管你和它有没有恩怨。所以幽灵的故事动不动便成为讲因果，而谈妖怪的却是全由于偶然，可以变化无穷，有些实在新异可喜。但是现在我们没有这些工夫来长篇大页的讲故事，这里只是因鬼怪的连带关系，谈一点关于鬼的俗谚罢了。

石桥的书里在末卷有一节是说关于鬼的俗谚的，只有二十几条，但其中也有好的。如说“鬼也有十八岁，粗茶也有新沏的时候”，又云，“说来年的事，给鬼见笑”，可是最有意思的却要算“鬼念佛”了吧。书中说明道：

“这是说不相称的事情，李义山《杂纂》有不相称一项，其中说屠家念经，也是这个意思。”书里还附有一张大津绘的插画，题目便是鬼念佛。俳文《鬼传》中间也曾说到，“至今只留影像在瓦头上边，为大津绘所笑”。（栋头饰鬼面瓦，犹中国的瓦将军，与下句没有关系。）大津绘里所画的鬼，穿着偏衫，背上横抗着雨伞，胸前悬钲，右手执丁字槌敲打着，左手提了一本册子，上题奉加帐（缘簿）字样，神气非常活现，只是因为是照相石印不好模写，不及追分绘里的那一张。这可名为“鬼子朝山”，因为它也是画的鬼，却不念佛了，乃是拿着锡杖，背了行发，上面写着“日本回国”（回国即是巡礼的意思）四字，急急奔走，虽然不及念佛的画的得神，但是木刻翻印，所以比较清楚，可以当作讽刺美国佬在日本的一张漫画。这虽是二百六十年前的作品，但是现在看起来还有生命，比现代有些专靠文字帮助作出绘解式的漫画的，似乎要耐看多了。

第三辑

看云看雨

大约我们还只好在这被容许的时光中，

就这平凡的境地中，

寻得些须的安闲悦乐，

即是无上幸福。

山中杂信

（一）

伏园兄：

我已于本月初退院，搬到山里来了。香山不很高大，仿佛只是故乡城内的卧龙山模样，但在北京近郊，已经要算是很好的山了。碧云寺在山腹上，地位颇好，只是我还不曾到外边去看过，因为须等医生再来诊察一次之后，才能决定可以怎样行动，而且又是连日下雨，连院子里都不能行走，终日只是起卧屋内罢了。大雨接连下了两天，天气也就颇冷了。般若堂里住着几个和尚们，买了许多香椿干，摊在芦席上晾着，这两天的雨不但使它不能干燥，反使它更加潮湿。每从玻璃窗望去，看见廊下摊着湿漉漉的深绿的香椿干，总觉得对于这班和尚们心里很是抱歉似的，——虽然下雨并不是我的缘故。

般若堂里早晚都有和尚做功课，但我觉得并不烦扰，而且于我似乎还有一种清醒的力量。清早和黄昏时候的清澈的磬声，仿佛催促我们无所信仰、无所归依的人，拣定一条这路精进向前。我近来的思想动摇与混乱，可谓已至其极了，托尔斯泰的无我爱与尼采的超人，共产主义与善种学，耶佛孔老的教训与科学的例证，我都一样的喜欢尊重，却又不能调和统一起来，造成一条可以行的大路。我只将这各种思想，凌乱的堆在头里，真是乡间的杂货一料店了。——或者世间本来没有思想上的“国道”，也未可知。这件事我常常想到，如今听他们做功课，更使我受了激刺。同他们比较起来，好像上海许多有国籍的西商中间，夹着一个“无领事管束”的西人。至于无领事管束，究竟是好是坏，我还想不明白。不知你以为何如?

寺内的空气并不比外间更为和平。我来的前一天，般若堂里的一个和尚，被方丈差人抓去，说他偷寺内的法物，先打了一顿，然后捆送到城内什么衙门去了。究竟偷东西没有，是别一个问题，但吊打恐总非佛家所宜。大约现在佛徒的戒律，也同“儒业”的三纲五常一样，早已成为具文了。自己即使犯了永为弃物的波罗夷罪，并无妨碍，只要有权力，便可以处置别人，正如护持名教的人却打他的老父，世间也一点都不以为奇。

我们厨房的间壁，住着两个卖汽水的人，也时常吵架。掌柜的回家去了，只剩了两个少年的伙计，连日又下雨，不能出去摆摊，所以更容易争闹起来。前天晚上，他们都不愿意烧饭，互相推诿，始而相骂，终于各执灶上的铁通条，打仗两次。我听他们叱咤的声音，令我想起《三国志》及《劫后英雄略》等书里所记的英雄战斗或比武时的威势，可是后来战罢，他们两个人一点都不受伤，更是不可思议了。从这两件事看来，你大约可以知道这山上的战氛罢。

因为病在右肋，执笔不大方便，这封信也是分四次写成的。以后再谈罢。

一九二一　六月五日

（二）

近日天气渐热，到山里来住的人也渐多了。对面的那三间屋，已于前日租去，大约日内就有人搬来。般若堂两傍的厢房，本是“十方堂”，这块大木牌还挂在我的门口。但现在都已租给人住，以后有游方僧来，除了请到罗汉堂去打坐以外，没有别的地方可以挂单了。

三四天前大殿里的小菩萨，失少了两尊，方丈说是看守大殿的和尚偷卖给游客了，于是又将他捆起来，打了一顿，但是这回不曾送官，因为次日我又听见他在后堂敲那大木鱼了。（前因被抓去的和尚已经出来，搬到别的寺里去了。）当时我正翻阅《诸经要集》六度部的忍辱篇，道世大师在述意缘内说道：“……岂容微有触恼，大生瞋恨，乃至角眼相看，恶声厉色，遂加杖木，结恨成怨，”看了不禁苦笑。或者丛林的规矩，方丈本来可以用什么板子打人，但我总觉得有点矛盾。而且如果真照规矩办起来，恐怕应该挨打的却还不是这个所谓偷卖小菩萨的和尚呢。

山中苍蝇之多，真是“出人意表之外”。每到下午，在窗外群飞，嗡嗡作声，仿佛是蜜蜂的排衙。我虽然将风门上糊了冷布，紧紧关闭，但是每一出入，总有几个混进屋里来。各处桌上摊着苍蝇纸，另外又用了棕丝制的蝇拍追着打，还是不能绝灭。英国诗人勃来克有《苍蝇》一诗，将蝇来与无常的人生相比，日本小林一茶的俳句道，“不要打哪！那苍蝇搓他的手，搓他的脚呢。”我平常都很是爱念，但在实际上却不能这样的宽大了。一茶又有一句俳句，序云，

“捉到一个虱子，将他掐死固然可怜，要把他舍在门外，让他绝食，也觉得不忍，忽然的想到我佛从前给与鬼子母的东西，成此。

“虱子呵，放在和我味道一样的石榴上爬着。”

《四分律》云，“时有老比丘拾虱弃地，佛言不应，听以器盛若绵拾着中。若虱走出，应作筒盛；若虱出筒，应作盖塞。随其寒暑，加以腻食将养之。”一茶是诚信的佛教徒，所以也如此做，不过用石榴喂它却更妙了。这种殊胜的思想，我也很以为

美，但我的心底里有一种矛盾，一面承认苍蝇是与我同具生命的众生之一，但一面又总当它是脚上带着许多有害的细菌，在头上面爬的痒痒的，一种可恶的小虫，心想除灭他。这个情与知的冲突，实在是无法调和，因为我笃信“赛老先生”的话，但也不想拿了他的解剖刀去破坏诗人的美的世界，所以在这一点上，大约只好甘心且做蝙蝠派罢了。

对于时事的感想，非常纷乱，真是无从说起，倒还不如不说也罢。

六月二十三日

（三）

我在第一信里，说寺内战氛很盛，但是现在情形却又变了。卖汽水的一个战士，已经下山去了。这个缘因，说来很长。前两回礼拜日游客很多，汽水卖了十多块钱一天，方丈知道了，便叫他们从形势最好的那“水泉”旁边撤退，让他自己来卖。他们只准在荒凉的塔院下及门口去摆摊，生意便很清淡，掌柜的于是实行减政，只留下了一个人做帮手，——这个伙计本是做墨盒的，掌柜自己是泥水匠。这主从两人虽然也有时争论，但不至于开起仗来了。方丈似乎颇喜欢吊打他属下的和尚，不过他的法庭离我这里很远，所以并未直接受到影响。此外偶然和尚们喝醉了高粱，高声抗辩，或者为了金钱胜负稍有纠葛，都是随即平静，算不得什么大事。因此般若堂里的空气，近来很是长闲逸豫，令人平矜释躁。这个情形可以意会，不易言传，我如今举出一件琐事来做个象征，你或者可以知其大略。我们院子里，有一群鸡，共五六只，其中公的也有，母的也有。这是和尚们共同养的呢，还是一个人的私产，我都不知道。他们白天里躲在紫藤花底下，晚间被盛入一只小口大腹，像是装香油用的藤篓里面。这篓子似乎是没有盖的，我每天总看见他在柏树下仰天张着口放着。夜里酉戌之交，和尚们擂鼓既罢，各去休息，篓里的鸡便怪声怪气地叫起来。于是禅房里和尚们的“唆，唆——”之声，相继而作。这样以后，篓里与禅房里便复寂然，直到天明，更没有什么惊动。问是什么事呢？答说有黄鼠狼来咬鸡。其实这小口大腹的篓子里，黄鼠狼是不会进去的，倘若掉了下去，他就再逃也出不来了。大约他总是未能忘情，所以常来窥探，不过聊以快意罢了。倘若篓子上加上一个盖，——虽然如上文所说，即使无盖，本来也很安全——也便可以省得他的窥探。但和尚们永远不加盖，黄鼠狼也便永远要来窥探，以致“三日两头”的引起夜中篓里与禅房里的驱逐。这便是我所说的长闲逸豫的所在。我希望这一节故事，或者能够比那四个抽象的字说明的更多一点。

但是我在这里不能一样的长闲逸豫，在一日里总有一个阴郁的时候，这便是下午清华园的邮差送报来后的半点钟。我的神经衰弱，易于激动，病后更甚，对于略略重大的问题，稍加思索，便很烦躁起来，几乎是发热状态，因此平常十分留心免避，但每天的报里，总是充满着不愉快的事情，见了不免要起烦恼。或者说，既然如此，不看岂不好么？但我又舍不得不看，好像身上有伤的人，明知触着是很痛的，但有时仍是不自禁的要用手去摸，感到新的剧痛，保留他受伤的意识。但苦痛究竟是苦痛，所以也就赶紧丢开，去寻求别的慰解。我此时放下报纸，努力将我的思想遣发到平常所走的旧路上去，——回想近今所看书上的大乘菩萨布施忍辱第六度难行，净土及地狱的意义，或者去搜求游客及和尚们（特别注意于方丈）的轶事。我也不愿再说不愉快的事，下次还不如仍同你讲他们的事情罢。

六月二十九日

（四）

近日因为神经不好，夜间睡眠不足，精神很是颓唐，所以好久没有写信，也不曾做诗了。诗思固然不来，日前到大殿后看了御碑亭，更使我诗兴大减。碑亭之北有两块石碑，四面都刻着乾隆御制的律诗和绝句。这些诗虽然很讲究的刻在石上，壁上还有宪兵某君的题词，赞叹他说“天明仍有移，英国殊难泯”！但我看了不知怎的联想到那塾师给冷于冰看的草稿，将我的创作热减退到近于零度。我以前病中忽发野心，想做两片小说，一篇叫《平凡的人》，一篇叫《初恋》；幸而到了现在还不曾动手。不然，岂不将使《馍馍赋》不但无独而且有偶么？

我前回答应告诉你游客的故事，但是现在也未能践约，因为他们都从正门出入，很少到般若堂里来的。我看见从我窗外走过的游客，一般不过十多人。他们却有一种公共的特色，似乎都对于植物的年龄颇有趣味。他们大抵问和尚或别人道，“这藤萝有多少年了？”答说，“这说不上来。”便又问，“这柏树呢？”至于答案，自然仍旧是“说不上来”了。或者不问柏树的，也要问槐树。其余核桃石榴等小树，就少有人注意了。我常觉得奇异，他们既然如此热心，寺里的人何妨就替各棵老树胡乱定出一个年岁，叫和尚们照样对答，或者写在大木板上，挂在树下，岂不一举两得么？

游客中偶然有提着鸟笼的，我看了最不喜欢。我平常有一种偏见，以为作不必要的恶事的人，比为生活所迫，不得已而作恶者更为可恶；所以我憎恶徐蓄妾的男子，比那卖女为妾——因贫穷而吃人肉的父母，要加几倍。对于提鸟笼的人的反感，也是出于同一的源流。如要吃肉，便吃罢了；（其实飞鸟的肉，于养生上也并非必要。）如要赏鉴，在他自由飞鸣的时候，可以尽量的看或听：何必关在笼里，擎着走呢？我以为这同喜欢缠足一样的是痛苦的赏玩，是一种变态的残忍的心理。贤首于《梵网戒疏》盗戒下注云，“善见云，盗空中鸟，左翅至右翅，尾至头，上下亦尔，俱得重罪。准此戒，纵无主，鸟身自为主，盗皆重也。”鸟身自为主，——这句话的精神何等博大深厚，然而又岂是那些提鸟笼的朋友所能了解的呢？

《梵网经》里还有几句话，我也觉得都很好。如云，“若佛子，故食肉，——一切肉不得食。——断大慈悲像种子，一切众生见而舍去。”又云，“一切男子是我父，一切女人是我母，我生生无不从之受生，故六道众生皆我父母。而杀而食者，即杀我父母，亦杀我故身：一切地水，是我先身；一切火风，是我本体。……”我们现在虽然不能再相信六道轮回之说，然而对于这普亲观平等观的思想，仍然觉得他是真而且美。英国勃来克的诗道，

“被猎的兔的每一声叫，
撕掉脑里的一枝神经；
云雀被伤在翅膀上，
一个天使止住了歌唱。”

这也是表示同一的思想。我们为自己养生计，或者不得不杀生，但是大慈悲性种子也不可不保存，所以无用的杀生与快意的杀生，都应该免避的。譬如吃醉虾，这也罢了；但是有人并不

贪他的鲜味，只为能够将半活的虾夹住，直往嘴里送，心里想道“我吃你”！觉得很快活。这是在那里尝得胜快心的滋味，并非真是吃食了。《晨报》杂感栏里曾登过松年先生的一篇《爱》，我很以他所说的为然。但是爱物也与仁人很有关系，倘若断了大慈悲性种子，如那样吃醉虾的人，于爱人的事也恐怕不大能够圆满的了。

七月十四日

（五）

近日的天气很热，屋里下午的气温在九十度以上。所以一到晚间，般若堂里在院子里睡觉的人，总有三四人之多。他们的睡法很是奇妙，因为蚊子白蛉要来咬，于是便用棉被没头没脑的盖住。这样一来，固然再也不怕蚊子们的勒索，但是露天睡觉的原意也完全失掉了。要说是凉快，却蒙着棉被；要说是通气，却将头直钻到被底下去。那么同在热而气闷的屋里睡觉，还有什么区别呢？有一位方丈的徒弟，睡在藤椅上，挂了一顶洋布的帐子，我以为是防蚊用的了，岂知四面都是悬空，蚊子们如能飞近地面一二尺，仍旧是可以进去的，他的帐子只能挡住从上边掉下来的蚊子罢了。这些奥妙的办法，似乎很有一种禅味，只是我了解不来。

我的行踪，近来已经推广到东边的“水泉”。这地方确是还好，我于每天清早，没有游客的时候，去徜徉一会，赏鉴那山水之美。只可惜不大干净，路上很多气味，——因为陈列着许多《本草》上的所谓人中黄！我想中国真是一个奇妙的国，在那里人们不容易得到营养料，也没有方法处置他们的排泄物。我想象轩辕太祖初入关的时候，大约也是这样情形。但现在已经过了四千年之久了，难道这个情形真已支持了四千年，一点不曾改么？

水泉西面的石阶上，是天然疗养院附属的所谓洋厨房。门外生着一颗白杨树，树干很粗，大约直径有六七寸，白皮斑驳，很是好看。他的叶在没有什么大风的时候，也瑟瑟的响，仿佛是有魔术似的。古诗说，“白杨多悲风，萧萧愁杀人，”非看见过白杨树的人，不大能了解他的趣味。欧洲传说云，耶稣钉死在白杨木的十字架上，所以这树以后便永远颤抖着。……我正对着白杨起种种的空想，有一个七八岁的小西洋人跟着宁波的老妈子走进洋厨房来。那老妈子同厨子讲着话的时候，忽然来了两个小广东人，各举起一只手来，接连的打小西洋人的嘴巴。他的两个小颊，立刻被批的通红了，但他却守着不抵抗主义，任凭他们打去。我的用人看不过意，把他们隔开两回，但那两位攘夷的勇士又冲过去，寻着要打嘴巴。被打的人虽然忍受下去了，但他们把我刚才的浪漫思想也批到不知去向，使我切肤的感到现实的痛。——至于这两个小爱国者的行为，若由我批评，不免要有过激的话，所以我也不再说了。

我每天傍晚到碑亭下去散步，顺便恭读乾隆的御制诗；碑上共有十首，我至少总要读他两首。读之既久，便发生种种感想，其一是觉得语体诗发生的不得已与必要。御制诗中有这几句，如"香山适才游白社，越岭便已至碧云"，又"玉泉十丈瀑，谁识此其源"，似乎都不大高明。但这实在是旧诗的难做，怪不得皇帝。对偶呀，平仄呀，押韵呀，拘束得非常之严，所以便是奉天承运的真龙也挣扎他不过，只落得留下多少打油的痕迹在石头上面。倘若他生在此刻，抛了七绝五律不做，去做较为自由的新体诗，即使做的不好，也总不致于被人认为"哥罐闻焉嫂棒伤"的蓝本罢。但我写到这里，忽然想到《大江集》等几种名著，又觉得我所说的也未必尽然。大约用文言做"哥罐"的，用白话做来仍是"哥罐"，——于是我又想起一种疑问，这便是语体诗的"万应"的问题了。

七月十七日

（六）

好久不写信了。这个原因，一半因为你的出京，一半因为我的无话可说。我的思想实在混乱极了，对于许多问题都要思索，却又一样的没有归结，因此觉得要说的话虽多，但不知怎样说才好。现在决心放任，并不硬去统一，姑且看书消遣，这倒也还罢了。

上月里我到香山去了两趟，都是坐了四人轿去的。我们在家乡的时候，知道四人轿是只有知县坐的，现在自己却坐了两回，也是“出于意表之外”的。我一个人叫他们四位扛着，似乎很有点抱歉，而且每人只能分到两角多钱，在他们实在也不经济，不知道为什么不减作两人呢？那轿杠是杉木的，走起来非常颠播。大约坐这轿的总非有候补道的那样身材，是不大合宜的。我所去的地方是甘露旅馆，因为有两个朋友耽阁在那里，其余各处都不曾去。什么的一处名胜，听说是督办夫人住着，不能去了。我说这是什么督办。参战和边防的督办不是都取消了么，答说是水灾督办。我记得四五年前天津一带确曾有过一回水灾，现在当然已经干了，而且连旱灾都已闹过了（虽然不在天津）。朋友说，中国的水灾是不会了的，黄河不是决口了么。这话的确不错，水灾督办诚然有存在的必要，而且照中国的情形看来，恐怕还非加入官制里去不可呢。

我在甘露旅馆买了一本《万松野人言善录》，这本书出了已经好几年，在我却是初次看见。我老实说，对于英先生的议论未能完全赞同，但因此引起我陈年的感慨，觉得要一新中国的人心，基督教实在是很适宜的。极少数的人能够以科学艺术或社会的运动去替代他宗教的要求，但在大多数是不可能的。我想最好便以能容受科学的一神教把中国现在的野蛮残忍的多神——其实是拜物——教打倒，民智的发达才有点希望。不过有两大条件，要紧紧的守住：其一是这新宗教的神切不可与旧的神的观念去同化，以致变成一个西装的玉皇大帝，其二是切不可造成教阀，去妨害自由思想的发达。这第一第二的覆辙，在西洋历史上实例已经很多，所以非竭力免去不可。——但是，我们昏乱的国民久伏在迷信的黑暗里，既然受不住智慧之光的照耀，肯受这新宗教的灌顶么？不为传统所囚的大公无私的新宗教家，国内有几人呢？仔细想来，我的理想或者也只是空想；将来主宰国民的心的，仍旧还是那一班的鬼神妖怪罢！

我的行踪既然已经推广到了寺外，寺内各处也都已走到，只剩那可以听松涛的有名的塔上不曾去。但是我平常散步，总只在御诗碑的左近或是弥勒佛前面的路上。这一段泥路来回可一百步，一面走着，一面听着阶下龙嘴里的潺湲的水声，（这就是御制诗里的“清波绕砌湲”，）倒也很有兴趣。不过这清波有时要不“湲”，其时很是令人扫兴，因为后面有人把他截住了。这是谁做主的，我都不知道，大约总是有什么金鱼池的阔人们罢。他们要放水到池里去，便是汲水的人也只好等着，或是劳驾往水泉去，何况想听水声的呢！靠着这清波的一个朱门里，大约也是阔人，因为我看见他们搬来的前两天，有许多穷朋友头上顶了许多大安乐椅小安乐椅进去。以前一个绘画的西洋人住着的时候，并没有什么门禁，东北角的墙也坍了，我常常去到那里望对面的山景和在溪滩积水中洗衣的女人们。现在可是截然的不同了，倒墙从新筑起，将真山关出门外，却在里面叫人堆上许多石头，（抬这些石头的人们，足足有三天，在我的窗前络绎的走过。）叫做假山，一面又在弥勒佛左手的路上筑起一堵泥墙，于是我真山固然望不见，便是假山也轮不到看。那些阔人们似乎以为四周非有墙包围着是不能住人的。我远望香山上迤逦的围墙，又想起秦始皇的万里长城，觉得我所推测的话并不是全无根据的。

还有别的见闻，我曾做了两篇《西山小品》，其一曰《一个乡民的死》，其二曰《卖汽水的人》，将他记在里面。但是那两篇是给日本的朋友们所办的一个杂志作的，现在虽有原稿留下，须等我自己把它译出方可发表。

九月三日　在西山

丨 卖汽水的人

我的间壁有一个卖汽水的人。在般若堂院子里左边的一角，有两间房屋，一间作为我的厨房，里边的一间便是那卖汽水的人住着。

一到夏天，来游西山的人很多，汽水也生意很好。从汽水厂用一块钱一打去贩来，很贵的卖给客人。倘若有点认识，或是善于还价的人，一瓶两角钱也就够了，否则要卖三四角不等。礼拜日游客多的时候，可以卖到十五六元，一天里差不多有十元的利益。这个卖汽水的掌柜本来是一个开着煤铺的泥水匠，有一天到寺里来作工，忽然想到在这里来卖汽水，生意一定不错，于是开张起来。自己因为店务及工作很忙碌，所以用了一个伙计替他看守，他不过偶然过来巡阅一回罢了。伙计本是没有工钱的，火食和必要的零用，由掌拒供给。

我到此地来了以后，伙计也换了好几个了，近来在这里的是一个姓秦的二十岁上下的少年，体格很好，微黑的圆脸，略略觉得有点狡狯，但也有天真烂漫的地方。

卖汽水的地方是在塔下，普通称作塔院。寺的后边的广场当中，筑起一座几十丈高的方台， 上面又竖着五枝石塔，所谓塔院便是这高台的上边。从我的住房到塔院底下，也须走过五六十级的台阶，但是分作四五段，所以还可以上去，至于塔院的台阶总有二百多级，而且很峻急，看了也要目眩，心想这一定是不行罢，没有一回想到要上去过。塔院下面有许多大树，很是凉快，时常同了丰一，到那里看石碑，随便散步。

有一天，正在碑亭外走着，秦也从底下上米了。一只长圆形的柳条篮套在左腕上，右手拿着一串连着枝叶的樱桃似的果实。见了丰一，他突然伸出那只手，大声说道："这个送你。"丰一跳着走去，也大声问道：

"这是什么？"

"郁李。"

"哪里拿来的？"

"你不用管。你拿去好了。"他说着，在狡狯似的脸上现出亲和的微笑，将果实交给丰一了。他嘴里动着，好像正吃着这果实。我们拣了一颗红的吃了，有李子的气味，却是很酸。丰一还想问他什么话，秦已经跳到台阶底下，说着"一二三"，便两三级当作一步，走了上去，不久就进了塔院第一个的石的穹门，随即不见了。

这已经是半月以前的事情了。丰一因为学校将要开始，也回到家里去了。

昨天的上午，掌柜的侄子飘然的来了。他突然对秦说，要收店了，叫他明天早上回去。这事情大鹘突，大家都觉得奇怪，后来仔细一打听，才知道因为掌柜知道了秦的作弊，派他的侄子来查办的。三四角钱卖掉的汽水，都登了两角的账，余下的都没收了存放在一个和尚那里，这件事情不知道有谁用了电话告诉了掌柜了。侄子来了之后，不知道又在哪里打听了许多话，说秦买怎样的好东西吃，半个月里吸了几盒的香烟，于是证据确凿，终于决定把他赶走了。

秦自然不愿意出去，非常的颓唐，说了许多辩解，但是没有效。到了今天早上，平常起的很早的秦还是睡着，侄子把他叫醒，他说是头痛，不肯起来。然而这也是无益的了，不到三十分钟的工夫，秦悄然的出了般若堂去了。

我正在有那大的黑铜的弥勒菩萨坐着的门外散步。秦从我的前面走过，肩上搭着被囊，一边的手里提了盛着一点点的日用品的那一只柳条篮。从对面来的一个寺里的佃户见了他问道：

"哪里去呢？"

"回北京去！"他用了高兴的声音回答，故意的想隐藏过他的忧郁的心情。

我觉得非常的寂寥。那时在塔院下所见的浮着亲和的微笑的狡狯似的面貌，不觉又清清楚楚的再现在我的心眼的前面了。我立住了，暂时望着他彳亍的走下那长的石阶去的寂寞的后影。

八月三十日在西山碧云寺

一九二一年十二月十五日附记

| 自己的园地

一百五十年前，法国的福禄特尔做了一本小说《亢迭特》（Candide），叙述人世的苦难，嘲笑“全舌博士”的乐天哲学。亢迭特与他的老师全舌博士经了许多忧患，终于在土耳其的一角里住下，种园过活，才能得到安住。亢迭特对于全舌博士的始终不渝的乐天说，下结论道，“这些都是很好，但我们还不如去耕种自己的园地。”这句格言现在已经是“脍炙人口”，意思也很明白，不必再等我下什么注脚。但是现在把他抄来，却有一点别的意义。所谓自己的园地，本来是范围很宽，并不限定于某一种：种果蔬也罢，种药材也罢，——种蔷薇地丁也罢，只要本了他个人的自觉，在人认的不论大小的地面上，用了力量去耕种，便都是尽了他的天职了。在这平淡无奇的说话中间，我所想要特地申明的，只是在于种蔷薇地丁也是耕种我们自己的园地，与种果蔬药材，虽是种类不同而有同一的价值。

我们自己的园地是文艺，这是要在先声明的。我并非厌薄别种活动而不屑为，——我平常承认各种活动于生活都是必要，实在是小半由于没有这种的材能，大半由于缺少这样的趣味，所以不得不在这中间定一个去就。但我对于这个选择并不后悔，并不惭愧园地的小与出产的薄弱而且似乎无用。依了自己的心的倾向，去种蔷薇地丁，这是尊重个性的正当办法，即使如别人所说各人果真应报社会的恩，我也相信已经报答了，因为社会不但需要果蔬药材，却也一样迫切的需要蔷薇与地丁，——如有蔑视这些的社会，那便是白痴的，只有形体而没有精神生活的社会，我们没有去顾视他的必要。倘若用了什么名义，强迫人牺牲了个性去侍奉白痴的社会，——美其名曰迎合社会心理——那简直与借了伦常之名强人忠君，借了国家之名强人战争一样的不合理了。

有人说道，据你所说，那么你所主张的文艺，一定是人生派的艺术了。泛称人生派的艺术，我当然是没有什么反对，但是普通所谓人生派是主张“为人生的艺术”的，对于这个我却略有一点意见。“为艺术的艺术”将艺术与人生分离，并且将人生附属于艺术，至于如王尔德的提倡人生之艺术化，固然不很妥当；“为人生的艺术”以艺术附属于人生，将艺术当作改造生活的工具而非终极，也何尝不把艺术与人生分离呢？我以为艺术当然是人生的，因为他本是我们感情生活的表现，叫他怎能与人生分离？“为人生”——于人生有实利，当然也是艺术本有的一种作用，但并非唯一的职务。总之艺术是独立的，却又原来是人性的，所以既不必使他隔离人生，又不必使他服侍人生，只任他成为浑然的人生的艺术便好了。“为艺术”派以个人为艺术的工匠，“为人生”派以艺术为人生的仆役，现在却以个人为主人，表现情思而成艺术，即为其生活之一部，初不为福利他人而作，而他人接触这艺术，得到一种共鸣与感兴，使其精神生活充实而丰富，又即以为实生活的基本；这是人生的艺术的要点，有独立的艺术美与无形的功利。我所说的蔷薇地丁的种作，便是如此。有些人种花聊以消遣，有些人种花志在卖钱；真种花者以种花为其生活，——而花亦未尝不美，未尝于人无益。

怀旧

读了郝秋圃君的杂感《听一位华侨谈话》，不禁引起我的怀旧之思。我的感想并不是关于侨民与海军的大问题的，只是对于那个南京海军鱼雷枪炮学校的前身，略有一点回忆罢了。

海军鱼雷枪炮学校大约是以前的《封神传》式的“雷电学校”的改称，但是我在那里的时候，还叫作“江南水师学堂”，这已是二十年前的事情了。那时鱼雷刚才停办，由驾驶管轮的学生兼习，不过大家都不用心。所以我现在除了什么“白头鱼雷”等几个名词以外，差不多忘记完了。

旧日的师长里很有不能忘记的人，我是极表尊敬的，但是不便发表，只把同学的有名人物数一数罢。勋四位的杜锡珪君要算是最阔了，说来惭愧，他是我进校的那一年毕业的，所以终于“无缘识荆”。同校三年，比我们早一班毕业的里边，有中将戈克安君是有名的，又倘若友人所说不误，现任的南京海军……学校校长也是这一班的前辈了。江西派的诗人胡诗庐君与杜君是同年，只因他是管轮班，所以我还得见过他的诗稿。而于我的同班呢，还未出过如此有名的人物，而且又多未便发表，只好提出一两个故人来说说了。第一个是赵伯先君，第二个是俞榆孙君。伯先随后改入陆师学堂，死于革命运动，榆孙也改入京师医学馆，去年死于防疫。这两个朋友恰巧先后都住在管轮堂第一号，便时常联带的想起。那时刘声元君也在那里学鱼雷，住在第二号，每日同俞君角力，这个情形还宛在目前。

学校的西北角是鱼雷堂旧址，旁边朝南有三间屋曰关帝庙，据说原来是游泳池，因为溺死过两个小的学生，总办命令把它填平，改建关帝庙，用以镇压不祥。庙里住着一个更夫，约有六十多岁，自称是个都司，每日三次往管轮堂的茶炉去取开水，经过我的铁格窗外，必定和我点头招呼，（和人家自然也是一样，）有时拿了自养的一只母鸡所生的鸡蛋来兜售，小洋一角买十六个。他很喜欢和别人谈长毛时事，他的都司大约就在那时得来，可惜我当时不知道这些谈话的价值，不大愿意同他去谈，到了现在回想起来，实在觉得可惜了。

关帝庙之东有几排洋房，便是鱼雷厂机器厂等，再往南去是驾驶堂的号舍了。鱼雷厂上午八时开门，中午休息，下午至四五时关门。厂门里边两旁放着几个红色油漆的水雷，这个庞大笨重的印象至今还留在脑里。看去似乎是有了年纪的东西，但新式的是怎么样子，我在那里终于没见过。厂里有许多工匠，每天在那里磨擦鱼雷，我听见教师说，鱼雷的作用全靠着磷铜缸的气压，所以看着他们磨擦，心想这样的擦去，不要把铜渐渐擦薄了么，不禁代为着急。不知现在已否买添，还是仍旧磨擦着那几个原有的呢？郝君自感中云，“军火重地，严守秘密……唯鱼雷及机器场始终未参观，”与我旧有的印象截然不同，不禁使我发生了极大的今昔之感了。

水师学堂是我在本国学过的唯一的学校，所以回想与怀恋很多，一时写说不尽，现在只略举一二，纪念二十年前我们在校时的自由宽懈的日子而已。

十一年八月

| 怀旧之二

在“青光”上见到仲贤先生的《十五年前的回忆》，想起在江南水师学堂的一二旧事，与仲贤先生所说的略有相关，便又记了出来，作这一篇《怀旧之二》。

我们在校的时候，管轮堂及驾驶堂的学生虽然很是隔膜，却还不至于互相仇视，不过因为驾驶毕业的可以做到“船主”，而管轮的前程至大也只是一个“大伡”，终于是船主的下属，所以驾驶学生的身份似乎要高傲一点了。班次的阶级，便是头班和二班或副额的关系，却更要不平，这种实例很多，现在略举一二。学生房内的用具，照例向学堂领用，但二班以下只准用一顶桌子，头班却可以占用两顶以上，陈设着仲贤先生说的那些“花瓶自鸣钟”。我的一个朋友W君同头班的C君同住，后来他迁往别的号舍，把自己固有的桌子以外又搬去C君的三顶之一。C君勃然大怒，骂道：“你们即使讲革命，也不能革到这个地步。”过了几天，C君的好友K君向着W君寻衅，说“我便打你们这些康党”，几乎大挥老拳，大家都知道是桌子风潮的余波。

头班在饭厅的坐位都有一定，每桌至多不过六人，都是同班至好或是低级里附和他们的小友，从容谈笑的吃着，不必抢夺吞咽。阶级低的学生便不能这样的舒服，他们一听吃饭的号声，便须直奔向饭厅里去，在非头班所占据的桌上见到一个空位，赶紧坐下，这一餐的饭才算安稳到手了。在这大众奔窜之中，头班却比平常更从容的，张开两只臂膊，像螃蟹似的，在雁木形的过廊中央，大摇大摆的踱方步。走在他后面的人，不敢僭越，只能也跟着他踱，到得饭厅，急忙的各处乱钻，好象是晚上寻不着窠的鸡，好容易找到位置，一碗雪里蕻上面的几片肥肉也早已不见，只好吃一顿素饭罢了。我们几个人不佩服这个阶级制度，往往从他的臂膊间挤过，冲向前去，这一件事或者也就是革命党的一个证据罢。

仲贤先生的回忆中，最令我注意的是那山上的一只大狼，因为正同老更夫一样，他也是我的老相识。我们在校时，每到晚饭后常往后山上去游玩，但是因为山坳里的农家有许多狗，时以恶声相向，所以我们习惯都拿一枝棒出去。一天的傍晚我同友人L君出了学堂，向着半山的一座古庙走去，这是同学常来借了房间叉麻雀的地方。我们沿着同校舍平行的一条小路前进，两旁都生着稻麦之类，有三四尺高。走到一处十字叉口，我们看见左边横路旁伏着一只大狗，照例挥起我们的棒，他便窜去麦田里不见了。我们走了一程，到了第二个十字叉口，却又见这只狗从麦丛里露出半个身子，随即窜向前面的田里去了。我们觉得他的行为有点古怪，又看见他的尾巴似乎异常，猜想他不是寻常的狗，于是便把这一天的散步中止了。后来同学中也还有人遇见过他，因为手里有棒，大抵是他先回避了。原来过了五六年之后他还在那里，而且居然"白昼伤人"起来了。不知道他现今还健在否？很想得到机会，去向现在南京海军鱼雷枪炮学校的同学打听一声。

十天以前写了一篇，从邮局寄给报社，不知怎的中途失落了，现在重新写过，却没有先前的兴致，只能把文中的大意纪录出来罢了。

十一年九月

初恋

那时我十四岁，她大约是十三岁罢。我跟着祖父的妾宋姨太太寄寓在杭州的花牌楼，间壁住着一家姚姓，她便是那家的女儿。她本姓杨，住在清波门头，大约因为行三，人家都称她作三姑娘。姚家老夫妇没有子女，便认她做干女儿，一个月里有二十多天住在他们家里，宋姨太太和远邻的羊肉店石家的媳妇虽然很说得来，与姚宅的老妇却感情很坏，彼此都不交口，但是三姑娘并不管这些事，仍旧推进门来游嬉。她大抵先到楼上去，同宋姨太太搭讪一回，随后走下楼来，站在我同仆人阮升公用的一张板桌旁边，抱着名叫“三花”的一只大猫，看我映写陆润庠的木刻的字帖。

我不曾和她谈过一句话，也不曾仔细的看过她的面貌与姿态，大约我在那时已经很是近视，但是还有一层缘故，虽然非意识的对于她很是感到亲近，一面却似乎为她的光辉所掩，开不起眼来去端详她了。在此刻回想起来，仿佛是一个尖面庞，乌眼睛，瘦小身材，而且有尖小的脚的少女，并没有什么殊胜的地方，但是在我的性的生活里总是第一个人，使我于自己以外感到对于别人的爱着，引起我没有明了的性之概念的，对于异性的恋慕的第一个人了。

我在那时候当然是“丑小鸭”，自己也是知道的，但是终不以此而减灭我的热情。每逢她抱着猫来看我写字，我便不自觉的振作起来，用了平常所无的努力去映写，感着一种无所希求的迷蒙的喜乐。并不问她是否爱我，或者也还不知道自己是爱着她，总之对于她的存在感到亲近喜悦，并且愿为她有所尽力，这是当时实在的心情，也是她所给我的赐物了。在她是怎样不能知道，自己的情绪大约只是淡淡的一种恋慕，始终没有想到男女关系的问题。有一天晚上，宋姨太太忽然又发表对于姚姓的憎恨，末了说道：

“阿三那小东西，也不是好货，将来总要流落到拱辰桥去做婊子的。”

我不很明白做婊子这些是什么事情，但当时听了心里想道：

“她如果真是流落做了婊子，我必定去救她出来。”

大半年的光阴这样的消费过去了。到了七八月里因为母亲生病，我便离开杭州回家去了。一个月以后，阮升告假回去，顺便到我家里，说起花牌楼的事情，说道：

“杨家的三姑娘患霍乱死了。”

我那时也很觉得不快，想象她的悲惨的死相，但同时却又似乎很是安静，仿佛心里有一块大石头已经放下了。

十一年九月

娱园

有三处地方，在我都是可以怀念的——因为恋爱的缘故。第一是《初恋》里说过了的杭州，其二是故乡城外的娱园。

娱园是“皋社”诗人秦秋渔的别业，但是连在住宅的后面，所以平常只称作花园。

这个园据王眉叔的《娱园记》说，是“在水石庄，枕碧湖，带平林，广约顷许。曲构云综，疏筑花幕。竹高出墙，树古当户。离离蔚蔚，号为胜区”。园筑于咸丰丁巳（一八五七年），我初到那里是在光绪甲午，已在四十年后，遍地都长了荒草，不能想见当时“秋夜联吟”的风趣了。园的左偏有一处名叫潭水山房，记中称它“方池湛然，帘户静镜，花水孕縠，笋石饾蓝”的便是。《娱园诗存》卷三中有诸人题词，樊樊山的《望江南》云：

“冰縠净，山里钓人居。花覆书床偎瘦鹤，波摇琴幌散文鱼：水竹夜窗虚。”

陶子缜的一首云：

"澄潭莹，明瑟敞幽房。茶火瓶座山蛎洞，柳丝泉筑水凫床：古帧写秋光。"

这些文字的费解虽然不亚于公府所常发表的骈体电文，但因此总可约略想见它的幽雅了。我们所见只是废墟，但也觉得非常有趣，儿童的感觉原自要比大人新鲜，而且在故乡少有这样游乐之地，也是一个原因。

娱园主人是我的舅父的丈人，舅父晚年寓居秦氏的西厢，所以我们常有游娱园的机会。秦氏的西邻是沈姓，大约因为风水的关系，大门是偏向的，近地都称作"歪摆台门"。据说是明人沈青霞的嫡裔，但是也已很是衰颓，我们曾经去拜访他的主人，乃是一个二十岁左右的青年，跛着一足，在厅房聚集了七八个学童，教他们读《千家诗》。

娱园主人的儿子那时是秦氏的家主，却因吸烟终日高卧，我们到傍晚去找他，请他画家传的梅花，可惜他现在早已死去了。

忘记了是哪一年，不过总是庚子以前的事吧。那时舅父的独子娶亲（神安他们的魂魄，因为夫妇不久都去世了），中表都聚在一处，凡男的十四人，女的七人。其中有一个人和我是同年同月生的，我称她为姊，她也称我为兄，我本是一只"丑小鸭"，没有一个人注意的，所以我隐密的怀抱着的对于她的情意，当然只是单面的，而且我知道她自小许给人家了，不容再有非分之想，但总感着固执的牵引，此刻想起来，倒似乎颇有中古诗人（Troubadour）的余风了。当时我们住在留鹤盦里，她们住在楼上。白天里她们不在房里的时候，我们几个较为年少的人便“乘虚内犯”走上楼去掠夺东西吃。有一次大家在楼上跳闹，我仿佛无意似的拿起她的一件雪青纺绸衫穿了跳舞起来，她的一个兄弟也一同闹着，不曾看出什么破绽来，是我很得意的一件事。后来读木下杢太郎的《食后之歌》，看到一首《绛绡里》不禁又引起我的感触。

到龛上去取笔去，

钻过晾着的冬衣底下，

触着了女衫的袖子。

说不出的心里的扰乱，

“呀”的缩头下来：

南无，神佛也未必见罪罢，

因为这已是故人的遗物了。

在南京的时代，虽然在日记上写了许多感伤的话（随后又都剪去，所以现在记不起它的内容了），但是始终没有想及婚嫁的关系。在外边飘流了十二年之后，回到故乡，我们有了儿女，她也早已出嫁，而且抱着痼疾，已经与死当面立着了，以后相见了几回，我又复出门，她不久就平安过去。至今她只有一张早年的照相在母亲那里，因她后来自己说是母亲的义女，虽然没有正式的仪节。

自从舅父全家亡故之后，二十年没有再到娱园的机会，想比以前必更荒废了。但是她的影象总是隐约的留在我脑底，为我心中的火焰（Fiammetta）的余光所映照着。

十二年三月

| 若子的病

《北京孔德学校旬刊》第二期于四月十一日出版，载有两篇儿童作品，其中之一是我的小女儿写的。

《晚上的月亮》　周若子

晚上的月亮，很大又很明。我的两个弟弟说："我们把月亮请下来，叫月亮抱我们到天上去玩。月亮给我们东西，我们很高兴。我们拿到家里给母亲吃，母亲也一定高兴。"

但是这张旬刊从邮局寄到的时候，若子已正在垂死状态了。她的母亲望着摊在席上的报纸又看昏沉的病人，再也没有什么话可说，只叫我好好地收藏起来，——做一个将来决不再寓目的纪念品。我读了这篇小文，不禁忽然想起六岁时死亡的四弟椿寿，他于得急性肺炎的前两三天，也是固执地向着佣妇追问天上的情形，我自己知道这都是迷信，却不能禁止我脊梁上不发生冰冷的奇感。

十一日的夜中，她就发起热来，继之以大吐，恰巧小儿用的摄氏体温表给小波波（我的兄弟的小孩）摔破了，土步君正出着第二次种的牛痘，把华氏的一具拿去应用，我们房里没有体温表了，所以不能测量热度，到了黎明从间壁房中拿来表一量，乃是四十度三分！八时左右起了痉挛，妻抱住了她，只喊说："阿玉惊了，阿玉惊了！"弟妇（即是妻的三妹）走到外边叫内弟起来，说："阿玉死了！"他惊起不觉坠落床下。这时候医生已到来了，诊察的结果说疑是"流行性脑脊髓膜炎"，虽然征候还未全具，总之是脑的故障，危险很大，十二时又复痉挛，这回脑的方面倒还在其次了，心脏中了霉菌的毒非常衰弱，以致血行不良，皮肤现出黑色，在臂上捺一下，凹下白色的痕好久还不回复。这一日里，院长山本博士，助手蒲君，看护妇永井君白君，前后都到，山本先生自来四次，永井君留住我家，帮助看病。第一天在混乱中过去了，次日病人虽不见变坏，可是一昼夜以来每两小时一回的樟脑注射毫不见效，心脏还是衰弱，虽然热度已减至三八至九度之间。这天下午因为病人想吃可可糖，我赶往哈达门去买，路上时时为不祥的幻想所侵袭，直到回家看见毫无动静这才略略放心。第三天是火曜日，勉强往学校去，下午三点半正要上课，听说家里有电话来叫，赶紧又告假回来，幸而这回只是梦呓，并未发生什么变化。夜中十二时山本先生诊后，始宣言性命可以无虑。十二日以来，经了两次的食盐注射，三十次以上的樟脑注射，身上拥着大小七个的冰囊，在七十二小时之末总算已离开了死之国土，这真是万幸的事了。

山本先生后来告诉川岛君说，那日曜日他以为一定不行的了。大约是第二天，永井君也走到弟妇的房里躲着下泪，她也觉得这小朋友怕要为了什么而辞去这个家庭了。但是这病人竟从万死中逃得一生，不知是哪里来的力量。医呢，药呢，她自己或别的不可知之力呢？但我知道，如没有医药及大家的救护，她总是早已不在了。我若是一种宗派的信徒，我的感谢便有所归，而且当初的惊怖或者也可减少，但是我不能如此，我对于未知之力有时或感着惊异，却还没有致感谢的那么深密的接触。我现在所想致感谢者在人而不在自然，我很感谢山本先生与永井君的热心的帮助，虽然我也还不曾忘记四年前给我医治肋膜炎的劳苦。川岛斐君二君每日殷勤的访问，也是应该致谢的。

整整地睡了一星期，脑部已经渐好，可以移动，遂于十九日午前搬往医院，她的母亲和“姊姊”陪伴着，因为心脏尚须治疗，住在院里较为便利，省得医生早晚两次赶来诊察，现在温度复原，脉搏亦渐恢复，她卧在我曾经住过两个月的病室的床上，只靠着一个冰枕，胸前放着一个小冰囊，伸出两只手来，在那里唱歌。妻同我商量，若子的兄姊十岁的时候，都花过十来块钱，分给佣人并吃点东西当作纪念，去年因为筹不出这笔款，所以没有这样办。这回病好之后，须得设法来补做并以祝贺病愈。她听懂了这会话的意思，便反对说：“这样办不好。倘若今年做了十岁，那么明年岂不还是十一岁吗？”我们听了不禁破颜一笑。唉，这个小小的情景，我们在一星期前哪里敢梦想到呢？

紧张透了的心一时殊不容易松放开来。今日已是若子病后的第十一日，下午因为稍觉头痛告假在家，在院子里散步，这才见到白的紫的丁香都已盛开，山桃烂漫得开始憔悴了，东边路旁爱罗先珂君回俄国前手植作为纪念的一株杏花已经零落净尽，只剩有好些绿蒂隐藏嫩叶的底下。春天过去了，在我们彷徨惊恐的几天里，北京这好像敷衍人似地短促的春天早已偷偷地走过去了。这或者未免可惜，我们今年竟没有好好地看一番桃杏花。但是花明年会开的，春天明年也会再来的，不妨等明年再看；我们今年幸而能够留住了别个一去将不复来的春光，我们也就够满足了。

今天我自己居然能够写出这篇东西来，可见我的凌乱的头脑也略略静定了，这也是一件高兴的事。

十四年四月二十二日雨夜

死之默想

四世纪时希腊厌世诗人巴拉达思作有一首小诗道，

（Polla laleis，anthrope——Palladas）

“你太饶舌了，人呵，不久将睡在地下；

“住口罢，你生存时且思索那死。”

这是很有意思的活。关于死的问题，我无事时也曾默想过，（但不坐在树下，大抵是在车上，）可是想不出什么来，——这或者因为我是个“乐天的诗人”的缘故吧。但其实我何尝一定崇拜死，有如曹慕管君，不过我不很能够感到死之神秘，所以不觉得有思索十日十夜之必要，于形而上的方面也就不能有所饶舌了。

窃察世人怕死的原因，自有种种不同，“以愚观之”可以定为三项，其一是怕死时的苦痛，其二是舍不得人世的快乐，其三是顾虑家族。苦痛比死还可怕，这是实在的事情。十多年前有一个远房的伯母，十分困苦，在十二月底想投河寻死，（我们乡间的河是经冬不冻的，）但是投了下去，她随即走了上来，说是因为水太冷了。有些人要笑她痴也未可知，但这却是真实的人情。倘若有人能够切实保证，诚如某生物学家所说，被猛兽咬死痒苏苏地很是愉快，我想一定有许多人裹粮入山去投身饲饿虎的了。可惜这一层不能担保，有些对于别项已无留恋的人因此也就不得不稍为踌躅了。

顾虑家族，大约是怕死的原因中之较小者，因为这还有救治的方法。将来如有一日，社会制度稍加改良，除施行善种的节制以外，大家不同老幼可以各尽所能，各取所需，凡平常衣食住，医药教育，均由公给，此上更好的享受再由个人的努力去取得，那么这种顾虑就可以不要，便是夜梦也一定平安得多了。不过我所说的原是空想，实现还不知在几十百年之后，而且到底未必实现也说不定，那么也终是远水不救近火，没有什么用处。比较确实的办法还是设法发财，也可以救济这个忧虑。为得安闲的死而求发财，倒是很高雅的俗事；只是发财大不容易，不是我们都能做的事，况且天下之富人有了钱便反死不去，则此亦颇有危险也。

人世的快乐自然是很可贪恋的，但这似乎只在青年男女才深切的感到，像我们将近“不惑”的人，尝过了凡人的苦乐。此外别无想做皇帝的野心，也就不觉得还有舍不得的快乐。我现在的快乐只是想在闲时喝一杯清茶，看点新书，（虽然近来因为政府替我们储蓄，手头只有买茶的钱，）无论他是讲虫鸟的歌唱，或是记贤哲的思想，古今的刻绘，都足以使我感到人生的欣幸。然而朋友来谈天的时候，也就放下书卷，何况“无私神女”（Atropos）的命令呢？我们看路上许多乞丐，都已没有生人乐趣，却是苦苦的要活着，可见快乐未必是怕死的重大原因：或者舍不得人世的苦辛也足以叫人留恋这个尘世罢。讲到他们，实在已是了无牵挂，大可“来去自由”，实际却不能如此，倘若不是为了上边所说的原因，一定是因为怕河水比彻骨的北风更冷的缘故了。

对于“不死”的问题，又有什么意见呢？因为少年时当过五六年的水兵，头脑中多少受了唯物论的影响，总觉得造不起“不死”这个观念来，虽然我很喜欢听荒唐的神话。即使照神话故事所讲，那种长生不老的生活我也一点儿都不喜欢。住在冷冰冰的金门玉阶的屋里，吃着五香牛肉一类的麟肝凤脯，天天游手好闲，不在松树下着棋，便同金童玉女厮混，也不见得有什么趣味，况且永远如此，更是单调而且困倦了。又听人说，仙家的时间是与凡人不同的，诗云“山中方七日，世上已千年”，所以烂柯山下的六十年在棋边只是半个时辰耳，那里会有日子太长之感呢？但是由我看来，仙人活了二百万岁也只抵得人间的四十春秋，这样浪费时间无裨实际的生活，殊不值得费尽了心机去求得他；倘若二百万年后劫波到来，就此溘然，将被五十岁的凡夫所笑。较好一点的还是那西方凤鸟（Phoenix）的办法，活上五百年，便尔蜕去，化为幼凤，这样的轮回倒很好玩的，——可惜他们是只此一家，别人不能仿作。大约我们还只好在这被容许的时光中，就这平凡的境地中，寻得些须的安闲悦乐，即是无上幸福：至于“死后，如何？”的问题，乃是神秘派诗人的领域，我们平凡人对于成仙做鬼都不关心，于此自然就没有什么兴趣了。

生活之艺术

契诃夫（Tshekhov）书简集中有一节道，（那时他在爱珲附近旅行，）“我请一个中国人到酒店里喝烧酒，他在未饮之前举杯向着我和酒店主人及伙计们，说道‘请’。这是中国的礼节。他并不像我们那样的一饮而尽，却是一口一口的啜，每啜一口，吃一点东西；随后给我几个中国铜钱，表示感谢之意。这是一种怪有礼的民族。……”

一口一口的啜，这的确是中国仅存的饮酒的艺术：干杯者不能知酒味，泥醉者不能知微醺之味。中国人对于饮食还知道一点享用之术，但是一般的生活之艺术却早已失传了。中国生活的方式现在只是两个极端，非禁欲即是纵欲，非连酒字都不准说即是浸身在酒槽里，二者互相反动，各益增长，而其结果则是同样的污糟。动物的生活本有自然的调节，中国在千年以前文化发达，一时颇有臻于灵肉一致之象，后来为禁欲思想所战胜，变成现在这样的生活，无自由、无节制，一切在礼教的面具底下实行迫压与放恣，实在所谓礼者早已消灭无存了。

生活不是很容易的事。动物那样的，自然地简易地生活，是其一法；把生活当作一种艺术，微妙地美地生活，又是一法：二者之外别无道路，有之则是禽兽之下的乱调的生活了。生活之艺术只在禁欲与纵欲的调和。蔼理斯对于这个问题很有精到的意见，他排斥宗教的禁欲主义，但以为禁欲亦是人性的一面，欢乐与节制二者并存，且不相反而实相成。人有禁欲的倾向，即所以防欢乐的过量，并即以增欢乐的程度。他在《圣芳济与其他》一篇论文中曾说道，“有人以此二者（即禁欲与耽溺）之一为其生活之唯一目的者，其人将在尚未生活之前早已死了。有人先将其一（耽溺）推至极端，再转而之他，其人才真能了解人生是什么，日后将被记念为模范的高僧。但是始终尊重这二重理想者，那才是知。生活法的明智的大师……一切生活是一个建设与破坏，一个取进与付出，一个永远的构成作用与分解作用的循环，要正当地生活，我们须得模仿大自然的豪华与严肃。”他又说过，“生活之艺术，其方法只在于微妙地混和取与舍二者而已，”更是简明的说出这个意思来了。

生活之艺术这个名词，用中国固有的字来说便是所谓礼。斯谛耳博士在《仪礼》序上说，“礼节并不单是一套仪式，空虚无用，如后世所沿袭者。这是用以养成自制与整饬的动作之习惯，唯有能领解万物感受一切之心的人才有这样安详的容止。”从前听说辜鸿铭先生批评英文《礼记》译名的不妥当，以为“礼”不是Rite而是Art，当时觉得有点乖僻，其实却是对的，不过这是指本来的礼，后来的礼仪礼教都是堕落了的东西，不足当这个称呼了。中国的礼早已丧失，只有如上文所说，还略存于茶酒之间而已。去年有西人反对上海禁娼，以为妓院是中国文化所在的地方，这句话的确难免有点荒谬，但仔细想来也不无若干理由。我们不必拉扯唐代的官妓，希腊的“女友”（Hetaira）的韵事来作辩护，只想起某外人的警句，“中国挟妓如西洋的求婚，中国娶妻如西洋的宿娼”，或者不能不感到《爱之术》（*Ars Amaroria*）的真是只存在草野之间了。我们并不同某西人那样要保存妓院，只觉得在有些怪论里边，也常有真实存在罢了。

中国现在所切要的是一种新的自由与新的节制，去建造中国的新文明，也就是复兴千年前的旧文明，也就是与西方文化的基础之希腊文明相合一了。这些话或者说的太大太高了，但据我想舍此中国别无得救之道，宋以来的道学家的禁欲主义总是无用的了，因为这只足以助成纵欲而不能收调节之功。其实这生活的艺术在有礼节重中庸的中国本来不是什么新奇的事物，如《中庸》的起头说，“天命之谓性，率性之谓道，修道之谓教，”照我的解说即是很明白的这种主张。不过后代的人都只拿去讲章旨节旨，没有人实行罢了。我不是说半部《中庸》可以济世，但以表示中国可以了解这个思想。日本虽然也很受到宋学的影响，生活上却可以说是承受平安朝的系统，还有许多唐代的流风余韵，因此了解生活之艺术也更是容易。在许多风俗上日本的确保存这艺术的色彩，为我们中国人所不及，但由道学家看来，或者这正是他们的缺点也未可知罢。

十三年十一月

| 日记与尺牍

日记与尺牍是文学中特别有趣味的东西，因为比别的文章更鲜明的表出作者的个性。诗文小说戏曲都是做给第三者看的，所以艺术虽然更加精炼，也就多有一点做作的痕迹。信札只是写给第二个人，日记则给自己看的，（写了日记预备将来石印出书的算作例外），自然是更真实更天然的了。我自己作文觉得都有点做作，因此反动地喜看别人的日记尺牍，感到许多愉快。我不能写日记，更不善写信，自己的真相仿佛在心中隐约觉到，但要写他下来，即使想定是私密的文字，总不免还有做作，——这并非故意如此，实在是修养不足的缘故，然而因此也愈觉得别人的日记尺牍之佳妙，可喜亦可贵了。

中国尺牍向来好的很多，文章与风趣多能兼具，但最佳者还应能显出主人的性格。《全晋文》中录王羲之杂帖，有这两章：

“吾顷无一日佳，衰老之弊日至，夏不得有所啖，而犹有劳务，甚劣劣。”

“不审复何似？永日多少看未？九日当采菊不？至日欲共行也，但不知当晴不耳？”

我觉得这要比“奉橘三百颗”还有意思。日本诗人芭蕉（Bashō）有这样一封向他的门人借钱的信，在寥寥数语中画出一个飘逸的俳人来。

“欲往芳野行脚，希惠借银五钱。此系勒借，容当奉还。唯老夫之事，亦殊难说耳。去来君。 芭蕉。”

日记又是一种考证的资料。近阅汪辉祖的《病榻梦痕录》上卷，乾隆二十年（1755）项下有这几句话：

“绍兴秋收大歉。次年春夏之交，米价斗三百钱，丐殍载道。”同五十九年（1794）项下又云：

“夏间米一斗钱三百三四十文。往时米价至一百五六十文，即有饿殍，今米常贵而人尚乐生，盖往年专贵在米，今则鱼虾蔬果无一不贵，故小贩村农俱可糊口。”

这都是经济史的好材料，同时也可以看出他精明的性分。日本俳人一茶（Issa）的日记一部分流行于世，最新发现刊行的为《一茶旅日记》，文化元年（1804）十二月中有记事云：

“二十七日阴，买锅。

二十九日雨，买酱。”

十几个字里贫穷之状表现无遗。同年五月项下云：

“七日晴，投水男女二人浮出吾妻桥下。”此外还多同类的记事，年月从略：

“九日晴，南风，妓女花井火刑。”

“二十四日晴。夜，庵前板桥被人窃去。”

“二十五日雨。所余板桥被窃。”

这些不成章节的文句却含着不少的暗示的力量，我们读了恍忽想见作者的人物及背景，其效力或过于所作的俳句。我喜欢一茶的文集《俺的春天》，但也爱他的日记，虽然除了吟咏以外只是一行半行的纪事，我却觉得他尽有文艺的趣味。

在外国文人的日记尺牍中有一两节关于中国人的文章，也很有意思，抄录于下，博读者之一粲。倘若读者不笑而发怒，那是介绍者的不好，我愿意赔不是，只请不要见怪原作者就好了。

夏目漱石日记，明治四十二年（1909）——

“七月三日

晨六时地震。夜有支那人来，站在栅门前说把这个开了。问是谁，来干什么。答说我你家里的事都听见。姑娘八位，使女三位，三块钱。完全像个疯子。说你走罢也仍不回去。说还不走要交给警察了，答说我是钦差，随出去了。是个荒谬的东西。”

以上据《漱石全集》第十一卷译出。后面是从英译《契诃夫书简集》中抄译的一封信：

契诃夫与妹书

“一八九〇年六月二十九日，在木拉伏夫轮船上。

我的舱里流星纷飞，——这是有光的甲虫，好像是电气的火光。白昼里野羊游泳过黑龙江。这里的苍蝇很大。我和一个契丹人同舱，名叫宋路理，他屡次告诉我，在契丹为了一点小事就要“头落地”。昨夜他吸鸦片烟醉了，睡梦中只是讲话，使我不能睡觉。二十七日我在契丹爱珲城近地一走。我似乎渐渐的走进一个怪异的世界里去了。轮船播动，不好写字。

“明天我将到伯力了。那契丹人现在起首吟他扇上所写的诗了。”

十四年三月

乌篷船

子荣君：

接到手书，知道你要到我的故乡去，叫我给你一点什么指导。老实说，我的故乡，真正觉得可怀恋的地方，并不是那里；但是因为在那里生长，住过十多年，究竟知道一点情形，所以写这一封信告诉你。

我所要告诉你的，并不是那里的风土人情，那是写不尽的，但是你到那里一看也就会明白的，不必啰唆地多讲。我要说的是一种很有趣的东西，这便是船。你在家乡平常总坐人力车，电车，或是汽车，但在我的故乡那里这些都没有，除了在城内或山上是用轿子以外，普通代步都是用船。船有两种，普通坐的都是“乌篷船”，白篷的大抵作航船用，坐夜航船到西陵去也有特别的风趣，但是你总不便坐，所以我就可以不说了。乌篷船大的为“四明瓦”（Sy-menngoa），小的为脚划船（划读uoa）亦称小船。但是最适用的还是在这中间的“三道”，亦即三明瓦。篷是半圆形的，用竹片编成，中夹竹箬，上涂黑油，在两扇“定篷”之间放着一扇遮阳，也是半圆的，木作格子，嵌着一片片的小鱼鳞，径约一寸，颇有点透明，略似玻璃而坚韧耐用，这就称为明瓦。三明瓦者，谓其中舱有两道，后舱有一道明瓦也。船尾用橹，大抵两支，船首有竹篙，用以定船。船头着眉目，状如老虎，但似在微笑，颇滑稽而不可怕，唯白篷船则无之。三道船篷之高大约可以使你直立，舱宽可以放下一顶方桌，四个人坐着打马将，——这个恐怕你也已学会了罢？小船则真是一叶扁舟，你坐在船底席上，篷顶离你的头有两三寸，你的两手可以搁在左右的舷上，还把手都露出在外边。在这种船里仿佛是在水面上坐，靠近田岸去时泥土便和你的眼鼻接近，而且遇着风浪，或是坐得少不小心，就会船底朝天，发生危险，但是也颇有趣味，是水乡的一种特色。不过你总可以不必去坐，最好还是坐那三道船罢。

你如坐船出去，可是不能像坐电车的那样性急，立刻盼望走到。倘若出城，走三四十里路（我们那里的里程是很短，一里才及英里三分之一），来回总要预备一天。你坐在船上，应该是游山的态度，看看四周物色，随处可见的山，岸旁的乌桕，河边的红蓼和白苹，渔舍，各式各样的桥，困倦的时候睡在舱中拿出随笔来看，或者冲一碗清茶喝喝。偏门外的鉴湖一带，贺家池，壶觞左近，我都是喜欢的，或者往娄公埠骑驴去游兰亭（但我劝你还是步行，骑驴或者于你不很相宜），到得暮色苍然的时候进城上都挂着薜荔的东门来，倒是颇有趣味的事。倘若路上不平静，你往杭州去时可于下午开船，黄昏时候的景色正最好看，只可惜这一带地方的名字我都忘记了。夜间睡在舱中，听水声橹声，来往船只的招呼声，以及乡间的犬吠鸡鸣，也都很有意思。雇一只船到乡下去看庙戏，可以了解中国旧戏的真趣味，而且在船上行动自如，要看就看，要睡就睡，要喝酒就喝酒，我觉得也可以算是理想的行乐法。只可惜讲维新以来这些演剧与迎会都已禁止，中产阶级的低能人别在“布业会馆”等处建起“海式”的戏场来，请大家买票看上海的猫儿戏。这些地方你千万不要去。——你到我那故乡，恐怕没有一个人认得，我又因为在教书不能陪你去玩，坐夜船，谈闲天，实在抱歉而且惆怅。川岛君夫妇现在偁山下，本来可以给你绍介，但是你到那里的时候他们恐怕已经离开故乡了。初寒，善自珍重，不尽。

十五年十一月十八日夜　于北京

日本的衣食住

我留学日本还在民国以前，只在东京住了六年，所以对于文化云云够不上说什么认识，不过这总是一个第二故乡，有时想到或是谈及，觉得对于一部分的日本生活很有一种爱着。这里边恐怕有好些原因，重要的大约有两个，其一是个人的性分，其二可以说是思古之幽情罢。我是生长于东南水乡的人，那里民生寒苦，冬天屋内没有火气，冷风可以直吹进被窝来，吃的通年不是很咸的腌菜也是很咸的腌鱼，有了这种训练去过东京的下宿生活，自然是不会不合适的。我那时又是民族革命的一信徒，凡民族主义必含有复古思想在里边，我们反对清朝，觉得清以前或元以前的差不多都好，何况更早的东西。

听说夏穗卿、钱念劬两位先生在东京街上走路，看见店铺招牌的某文句或某字体，常指点赞叹，谓犹存唐代遗风，非现今中国所有。冈千仞著《观光纪游》中亦纪杨惺吾回国后事云：

“惺吾杂陈在东所获古写经，把玩不置曰，此犹晋时笔法，宋元以下无此真致。”

这种意思在那时大抵是很普通的。我们在日本的感觉，一半是异域，一半却是古昔，而这古昔乃是健全地活在异域的，所以不是梦幻似地空假，而亦与高丽安南的优孟衣冠不相同也。

日本生活中多保存中国古俗，中国人好自大者反讪笑之，可谓不察之甚。《观光纪游》卷二《苏杭游记》上，记明治甲申（一八八四）六月二十六日事云：

“晚与杨君赴陈松泉之邀，会者为陆云孙，汪少符，文小坡。杨君每谈日东一事，满坐哄然，余不解华语，痴坐其旁。因以为我俗席地而坐，食无案卓，寝无卧床，服无衣裳之别，妇女涅齿，带广，蔽腰围等，皆为外人所讶者，而中人辫发垂地，嗜毒烟甚食色，妇女约足，人家不设厕，街巷不容车马，皆不免陋者，未可以内笑外，以彼非此。”

冈氏言虽未免有悻悻之气，实际上却是说得很对的。以我浅陋所知，中国人纪述日本风俗最有理解的要算黄公度，《日本杂事诗》二卷成于光绪五年己卯，已是五十六年前了，诗也只是寻常，注很详细，更难得的是意见明达。卷下关于房屋的注云：

“室皆离地尺许，以木为板，藉以莞席，入室则脱屦户外，袜而登席。无门户窗牖，以纸为屏，下承以槽，随意开阖，四面皆然，宜夏而不宜冬也。室中必有阁以庋物，有床笫以列器皿陈书画。（室中留席地，以半掩以纸屏，架为小阁，以半悬挂玩器，则缘古人床笫之制而亦仍其名。）楹柱皆以木而不雕漆，昼常掩门而夜不扃钥。寝处无定所，展屏风，张帐幭，则就寝矣。每日必洒扫拂拭，洁无纤尘。”又一则云：

“坐起皆席地，两膝据地，伸腰危坐，而以足承尻后，若趺坐，若蹲踞，若箕踞，皆为不恭。坐必设褥，敬客之礼有敷数重席者。有君命则设几，使者宣诏毕，亦就地坐矣。皆古礼也。因考《汉书·贾谊传》，文帝不觉膝之前于席。《三国志·管宁传》，坐不箕股，当膝处皆穿。《后汉书》，向栩坐板，坐积久板乃有膝踝足指之处。朱子又云，今成都学所存文翁礼殿刻石诸像，皆膝地危坐，两蹠隐然见于坐后帷裳之下。今观之东人，知古人常坐皆如此。”（《日本国志》成于八年后丁亥，所记稍详略有不同，今不重引。）

这种日本式的房屋我觉得很喜欢。这却并不由于好古，上文所说的那种坐法实在有点弄不来，我只能胡坐，即不正式的趺跏，若要像管宁那样，则无论敷了几重席也坐不到十分钟就两脚麻痹了。我喜欢的还是那房子的适用，特别便于简易生活。《杂事诗》注已说明屋内铺席，其制编稻草为台，厚可二寸许，蒙草席于上，两侧加麻布黑缘，每席长六尺宽三尺，室之大小以席计数，自两席以至百席，而最普通者则为三席，四席半，六席，八席，学生所居以四席半为多。户窗取明者用格子糊以薄纸，名曰障子，可称纸窗，其他则两面裱暗色厚纸，用以间隔，名曰唐纸，可云纸屏耳。阁原名户棚，即壁橱，分上下层，可分贮被褥及衣箱杂物。床笫原名“床之间”，即壁龛而大，下宿不设此，学生租民房时可利用此地堆积书报，几乎平白地多出一席地也。四席半一室面积才八十一方尺，比维摩斗室还小十分之二，四壁萧然，下宿只供给一副茶具，自己买一张小几放在窗下。再有两三个坐褥，便可安住。坐在几前读书写字，前后左右凡有空地都可安放书卷纸张，等于一大书桌，客来遍地可坐，客六七人不算拥挤，倦时随便卧倒，不必另备沙发，深夜从壁厨取被摊开，又便即正式睡觉了。昔时常见日本学生移居，车上载行李只铺盖衣包小几或加书箱，自己手拿玻璃洋油灯在车后走而已。中国公寓住室总在方丈以上，而板床桌椅箱架之外无多余地，令人感到局促，无安闲之趣。大抵中国房屋与西洋的相同都是宜于华丽而不宜于简陋，一间房子造成，还是行百里者半九十，非是有相当的器具陈设不能算完成，日本则土木功毕，铺席糊窗，即可居住，别无一点不足，而且还觉得清疏有致。从前在日本旅行，在吉松高锅等山村住宿，坐在旅馆的朴素的一室内凭窗看山，或着浴衣躺席上，要一壶茶来吃，这比向来往过的好些洋式中国式的旅舍都要觉得舒服，简单而省费。这样房屋自然也有缺点，如《杂事诗》注所云宜夏而不宜冬，其次是容易引火，还有或者不大谨慎，因为槽上拉动的板窗木户易于偷启，而且内无扃钥，贼一入门便可各处自在游行也。

关于衣服《杂事诗》注只讲到女子的一部分，卷二云：

“宫装皆披发垂肩，民家多古装束，六八岁时丫髻双垂，尤为可人。长，耳不环，手不钏，髻不花，足不弓鞋，皆以红珊瑚为簪。出则携蝙蝠伞。带宽咫尺，围腰二三匝，复倒卷而直垂之，若襁负者。衣袖尺许，襟广微露胸，肩脊亦不尽掩，傅粉如面然，殆《三国志》所谓丹朱纷身者耶。”又云：

“女子亦不着裤，裹有围裙，《礼》所谓中单，《汉书》所谓中裙，深藏不见足，舞者回旋偶一露耳。五部洲惟日本不着裤，闻者惊怪。今按《说文》袴，胫衣也。《逸雅》，袴，两股各跨别也。袴即今制，三代前固无。张营《疑耀》曰，袴即裤，古人皆无裆，有裆起自汉昭帝时上官宫人。考《汉书·上官后传》，宫人使令皆为穷袴。服虔曰，穷袴前后有裆，不得交通。是为有裆之袴所缘起。惟《史记》叙屠岸贾有置其袴中语，《战国策》亦称韩昭侯有敝袴，则似春秋战国既有之，然或者尚无裆耶。”这个问题其实本很简单。日本上古有袴，与中国西洋相同，后受唐代文化衣冠改革，由筒管袴而转为灯笼袴，终乃袴脚益大，袴裆渐低，今礼服之“袴”已几乎是裙了。平常着袴，故里衣中不复有袴类的东西，男子但用犊鼻裈，女子用围裙，就已行了，迨后民间平时可以衣而不裳，遂不复着，但用作乙种礼服，学生如上学或访老师则和服之上必须着袴也，现今所谓和服实即古时之所谓“小袖”，袖本小而底圆，今则甚深广，有如口袋，可以容手巾笺纸等，与中国和尚所穿的相似，西人称之曰Kimono，原语云“着物”，实只是衣服总称耳。日本衣裳之制大抵根据中国而逐渐有所变革，乃成今状，盖与其房屋起居最适合，若以现今和服住洋房中，或以华服住日本房，亦不甚适也。《杂事诗》注又有一则关于鞋袜的云：

“袜前分歧为二靫，一靫容拇指，一靫容众指。屐有如丌字者，两齿甚高，又有作反凹者。织蒲为苴，皆无墙有梁，梁作人字，以布绠或纫蒲系于头，必两指间夹持用力乃能行，故袜分作两歧。考《南史·虞玩之传》，一屐着三十年，蒵断以芒接之。古乐府，黄桑柘屐蒲子履，中央有丝两头系。知古制正如此也，附注于此。”这个木屐也是我所喜欢着的，我觉得比广东用皮条络住脚背的还要好，因为这似乎更着力可以走路。黄君说必两指间夹持用力乃能行，这大约是没有穿惯，或者因中国男子多裹脚，脚指互叠不能衔梁，衔亦无力，所以觉得不容易，其实是套着自然着力，用不着什么夹持的。去年夏间我往东京去，特地到大震灾时没有毁坏的本乡去寄寓，晚上穿了和服木屐，曳杖，往帝国大学前面一带去散步，看看旧书店和地摊，很是自在，若是穿着洋服就觉得拘束，特别是那么大热天。不过我们所能穿的也只是普通的“下驮”，即所谓反凹字形状的一种，此外名称“日和下驮”底作丌字形而不很高者从前学生时代也曾穿过，至于那两齿甚高的“足驮”那就不敢请教了。在民国以前，东京的道路不很好，也颇有雨天变酱缸之概，足驮是雨具中的要品，现代却可以不需，不穿皮鞋的人只要有日和下驮就可应付，而且在实际上连这也少见了。

《杂事诗》注关于食物说的最少，其一云：

“多食生冷，喜食鱼，聂而切之，便下箸矣，火熟之物亦喜寒食。寻常茶饭，萝卜竹笋而外，无长物也。近仿欧罗巴食法，或用牛羊。”又云：

“自天武四年因浮屠教禁食兽肉，非饵病不许食。卖兽肉者隐其名曰药食，复曰山鲸。所悬望子，画牡丹者豕肉也，画丹枫落叶者鹿肉也。”讲到日本的食物，第一感到惊奇的事的确是兽肉的稀少。二十多年前我还在三田地方看见过山鲸（这是野猪的别号）的招牌，画牡丹枫叶的却已不见。虽然近时仿欧罗巴法，但肉食不能说很盛，不过已不如从前以兽肉为秽物禁而不食，肉店也在“江都八百八街”到处开着罢了。平常鸟兽的肉只是猪牛与鸡，羊肉简直没处买，鹅鸭也极不常见。平民的下饭的菜到现在仍旧还是蔬菜以及鱼介。中国学生初到日本，吃到日本饭菜那么清淡，枯槁，没有油水，一定大惊大恨，特别是在下宿或分租房间的地方。这是大可原谅的，但是我自己却不以为苦，还觉得这有别一种风趣。吾乡穷苦，人民努力日吃三顿饭，唯以腌菜臭豆腐螺蛳为菜，故不怕咸与臭，亦不嗜油若命，到日本去吃无论什么都不大成问题。有些东西可以与故乡的什么相比，有些又即是中国某处的什么，这样一想就很有意思。如味噌汁与干菜汤，金山寺味噌与豆板酱，福神渍与酱咯哒，牛蒡独活与芦笋，盐鲑与勒鲞，皆相似的食物也。又如大德寺纳豆即咸豆豉，泽庵渍即福建的黄土萝蔔，蒟蒻即四川的黑豆腐，刺身即广东的鱼生，寿司（《杂事诗》作寿志）即古昔的鱼鲜，其制法见于《齐民要术》，此其间又含有文化交通的历史，不但可吃，也更可思索。家庭宴集自较丰盛，但其清淡则如故，亦仍以菜蔬鱼介为主，鸡豚在所不废，唯多用其瘦者，故亦不油腻也。近时社会上亦流行中国及西洋菜，试食之则并不佳，即有名大店亦如此，盖以日东手法调理西餐（日本昔时亦称中国为西方）难得恰好，唯在赤扳一家云“茜”者吃中餐极佳，其厨师乃来自北平云。日本食物之又一特色为冷，确如《杂事诗》注所言。下宿供膳尚用热饭，人家则大抵只煮早饭，家人之为官吏教员公司职员工匠学生者皆裹饭而出，名曰“便当”，匣中盛饭，别一格盛菜，上者有鱼，否则梅干一二而已。傍晚归来，再煮晚饭，但中人以下之家便吃早晨所余，冬夜苦寒，乃以热苦茶淘之。中国人惯食火热的东西，有海军同学昔日为京官，吃饭恨不热，取饭锅置坐右，由锅到碗，由碗到口，迅疾如暴风雨，乃始快意，此固是极端，却亦是一好例。总之对于食物中国大概喜热恶冷，所以留学生看了“便当”恐怕无不头痛的。不过我觉得这也很好，不但是故乡有吃“冷饭头”的习惯，说得迂腐一点，也是人生的一点小训练。

希望人人都有“吐斯”当晚点心，人人都有小汽车坐，固然是久远的理想，但在目前似乎刻苦的训练也是必要。日本因其工商业之发展，都会文化渐以增进，享受方面也自然提高，不过这只是表面的一部分，普通的生活还是很刻苦，此不必一定是吃冷饭，然亦不妨说是其一。中国平民生活之苦已甚矣，我所说的乃是中流的知识阶级应当学点吃苦，至少也不要太讲享受。享受并不限于吃“吐斯”之类，抽大烟娶姨太太打麻将是中流享乐思想的表现，此一种病真真不知道如何才救得过来，上文云云只是姑妄言之耳。

六月九日《大公报》上登载梁实秋先生的一篇论文，题曰《自信力与夸大狂》，我读了很是佩服，有关于中国的衣食住的几句话可以引用在这里。梁先生说中国文化里也有一部分是优于西洋者，解说道：

“我觉得可说的太少，也许是从前很多，现在变少了。我想来想去只觉得中国的菜比外国的好吃，中国的长袍布鞋比外国的舒适，中国的宫室园林比外国的雅丽，此外我实在想不出有什么优于西洋的东西。”梁先生的意思似乎重在消极方面，我们却不妨当作正面来看，说中国的衣食住都有些可取的地方。本来衣食住三者是生活中最重要的部分，因其习惯与便利，发生爱好的感情，转而成为优劣的辨别，所以这里边很存着主观的成分，实在这也只能如此，要想找一根绝对平直的尺度来较量盖几乎是不可能的。固然也可以有人说，“因为西洋人吃鸡蛋，所以兄弟也吃鸡蛋。”不过在该吃之外还有好吃问题，恐怕在这一点上未必能与西洋人一定合致，那么这吃鸡蛋的兄弟对于鸡蛋也只有信而未至于爱耳。因此，改变一种生活方式很是烦难，而欲了解别种生活方式亦不是容易的事。有的事情在事实并不怎么愉快，在道理上显然看出是荒谬的，如男子拖辫，女人缠足，似乎应该不难解决了，可是也并不如此，民国成立已将四半世纪了，而辫发未绝迹于村市，士大夫中爱赏金莲步者亦不乏其人，他可知矣。

谷崎润一郎近日刊行《摄阳随笔》，卷首有《阴翳礼赞》一篇，其中说漆碗盛味噌汁（以酱汁作汤，蔬类作料，如茄子萝卜海带，或用豆腐）的意义，颇多妙解，至悉归其故于有色人种，以为在爱好上与白色人种异其趣，虽未免稍多宿命观的色彩，大体却说得很有意思。中日同是黄色的蒙古人种，日本文化古来又取资中土，然而其结果乃或同或异，唐时不取太监，宋时不取缠足，明时不取八股，清时不取雅片，又何以嗜好迥殊耶。我这样说似更有阴沉的宿命观，但我固深钦日本之善于别择，一面却亦仍梦想中国能于将来荡涤此诸染污，盖此不比衣食住是基本的生活，或者其改变尚不至于绝难欤。

我对于日本文化既所知极浅，今又欲谈衣食住等的难问题，其不能说得不错，盖可知也。幸而我豫先声明，这全是主观的，回忆与印象的一种杂谈，不足以知日本真的事情，只足以见我个人的意见耳。大抵非自己所有者不能深知，我尚能知故乡的民间生活，因此亦能于日本生活中由其近似而得理会，其所不知者当然甚多，若所知者非其真相而只是我的解说，那也必所在多有而无可免者也。日本与中国在文化的关系上本犹罗马之与希腊，及今乃成为东方之德法，在今日而谈日本的生活，不撒有“国难”的香料，不知有何人要看否，我亦自己怀疑。但是，我仔细思量日本今昔的生活，现在日本叫“非常时”的行动，我仍明确地看明白日本与中国毕竟同是亚细亚人，兴衰祸福目前虽是不同，究竟的命运还是一致，亚细亚人岂终将沦于劣种乎，念之惘然。因谈衣食住而结论至此，实在乃真是漆黑的宿命论也。

廿四年六月廿一日，在北平

北平的春天

北平的春天似乎已经开始了，虽然我还不大觉得。立春已过了十天，现在是六九六十三的起头了，布衲摊在两肩，穷人该有欣欣向荣之意。光绪甲辰即一九〇四年小除那时我在江南水师学堂曾作一诗云：

“一年倏就除，风物何凄紧。百岁良悠悠，向日催人尽。既不为大椿，便应如朝菌。一死息群生，何处问灵蠢。”但是第二天除夕我又做了这样一首云：

“东风三月烟花好，凉意千山云树幽，冬最无情今归去，明朝又得及春游。”这诗是一样的不成东西，不过可以表示我总是很爱春天的。春天有什么好呢，要讲他的力量及其道德的意义，最好去查盲诗人爱罗先珂的抒情诗的演说，那篇世界语原稿是由我笔录，译本也是我写的，所以约略都还记得，但是这里眷录自然也更可不必了。春天的是官能的美，是要去直接领略的，关门歌颂一无是处，所以这里抽象的话暂且割爱。

且说我自己的关于春的经验，都是与游有相关的。古人虽说以鸟鸣春，但我觉得还是在别方面更感到春的印象，即是水与花木。迂阔的说一句，或者这正是活物的根本的缘故罢。小时候，在春天总有些出游的机会，扫墓与香市是主要的两件事，而通行只有水路，所在又多是山上野外，那么这水与花木自然就不会缺少的。香市是公众的行事，禹庙南镇香炉峰为其代表。扫墓是私家的，会稽的乌石头调马场等地方至今在我的记忆中还是一种代表的春景。庚子年三月十六日的日记云：

“晨坐船出东郭门，挽纤行十里，至绕门山，今称东湖，为陶心云先生所创修，堤计长二百丈，皆植千叶桃垂柳及女贞子各树，游人颇多。又三十里至富盛埠，乘兜桥过市行三里许，越岭，约千余级。山中映山红牛郎花甚多，又有蕉藤数株，着花蔚蓝色，状如豆花，结实即刀豆也，可入药。路旁皆竹林，竹萌之出土者粗于碗口而长仅二三寸，颇为可观。忽闻有声如鸡鸣，阁阁然，山谷皆响，问之轿夫，云系雉鸡叫也。又二里许过一溪，阔数丈，水没及骭，舁者乱流而渡，水中圆石颗颗，大如鹅卵，整洁可喜。行一二里至墓所，松柏夹道，颇称闳壮。方祭时，小雨簌簌落衣袂间，幸即晴霁。下山午餐，下午开船。将进城门，忽天色如墨，雷电并作，大雨倾注，至家不息。”

旧事重提，本来没有多大意思，这里只是举个例子，说明我春游的观念而已。我们本是水乡的居民，平常对于水不觉得怎么新奇，要去临流赏玩一番，可是生平与水太相习了，自有一种情分，仿佛觉得生活的美与悦乐之背景里都有水在，由水而生的草木次之，禽虫又次之。我非不喜禽虫，但它总离不了草木，不但是吃食，也实是必要的寄托，盖即使以鸟鸣春，这鸣也得在枝头或草原上才好，若是雕笼金锁，无论怎样的鸣得起劲，总使人听了索然兴尽也。

话休烦絮。到底北京的春天怎么样了呢，老实说，我住在北京和北平已将二十年，不可谓不久矣，对于春游却并无什么经验。妙峰山虽热闹，尚无暇瞻仰，清明郊游只有野哭可听耳。北平缺少水气，使春光减了成色，而气候变化稍剧，春天似不曾独立存在，如不算他是夏的头，亦不妨称为冬的尾，总之风和日暖让我们着了单袷可以随意徜徉的时候是极少，刚觉得不冷就要热了起来了。

不过这春的季候自然还是有的。第一，冬之后明明是春，且不说节气上的立春也已过了。第二，生物的发生当然是春的证据，牛山和尚诗云，春叫猫儿猫叫春，是也。人在春天却只是懒散，雅人称曰春困，这似乎是别一种表示。所以北平到底还是有他的春天，不过太慌张一点了，又欠腴润一点，叫人有时来不及尝他的味儿，有时尝了觉得稍枯燥了，虽然名字还叫作春天，但是实在就把他当作冬的尾，要不然便是夏的头，反正这两者在表面上虽差得远，实际上对于不大承认他是春天原是一样的。

我倒还是爱北平的冬天。春天总是故乡的有意思，虽然这是三四十年前的事，现在怎么样我不知道。至于冬天，就是三四十年前的故乡的冬天我也不喜欢：那些手脚生冻瘃，半夜里醒过来像是悬空挂着似的上下四旁都是冷气的感觉，很不好受，在北平的纸糊过的屋子里就不会有的。在屋里不苦寒，冬天便有一种好处，可以让人家作事，手不僵冻，不必炙砚呵笔，于我们写文章的人大有利益。北平虽几乎没有春天，我并无什么不满意，盖吾以冬读代春游之乐久矣。

廿五年二月十四日

中秋的月亮

敦礼臣著《燕京岁时记》云："京师之曰八月节者，即中秋也。每届中秋，府第朱门皆以月饼果品相馈赠，至十五月圆时，陈瓜果于庭以供月，并祀以毛豆鸡冠花。是时也，皓魄当空，彩云初散，传杯洗盏，儿女喧哗，真所谓佳节也。惟供月时，男子多不叩拜，故京师谚曰，男不拜月，女不祭灶。"

此记作于四十年前，至今风俗似无甚变更，虽民生凋敝，百物较二年前超过五倍，但中秋吃月饼恐怕还不肯放弃，至于赏月则未必有此兴趣了罢。本来举杯邀月这只是文人的雅兴，秋高气爽，月色分外光明，更觉得有意思，特别定这日为佳节，若在民间不见得有多大兴味，大抵就是算账要紧，月饼尚在其次。我回想乡间一般对于月亮的意见，觉得这与文人学者的颇不相同。普通称月曰月亮婆婆，中秋供素月饼水果及老南瓜，又凉水一碗，妇孺拜毕，以指蘸水涂目，祝曰眼目清凉。相信月中有娑婆树，中秋夜有一枝落下人间，此亦似即所谓月华，但不幸如落在人身上，必成奇疾，或头大如斗，必须斲开，乃能取出宝物也。月亮在天文中本是一种怪物，忽圆忽缺，诸多变异，潮水受它的呼唤，古人又相信其与女人生活有关。更奇的是与精神病者也有微妙的关系，拉丁文便称此病曰月光病，仿佛与日射病可以对比似的。这说法现代医家当然是不承认了，但是我还有点相信，不是说其间隔发作的类似，实在觉得月亮有其可怕的一面，患怔忡的人见了会生影响，正是可能的事罢。好多年前夜间从东城回家来，路上望见在昏黑的天上，挂着一钩深黄的残月，看去很是凄惨，我想我们现代都市人尚且如此感觉，古时原始生活的人当更如何？住在岩窟之下，遇见这种情景，听着豺狼嗥叫，夜鸟飞鸣，大约没有什么好的心情，——不，即使并无这些禽兽骚扰，单是那月亮的威吓也就够了，它简直是一个妖怪，别的种种异物喜欢在月夜出现，这也只是风云之会，不过跑龙套罢了。等到月亮渐渐的圆了起来，它的形相也渐和善了，望前后的三天光景几乎是一位富翁的脸，难怪能够得到许多人的喜悦，可是总是有一股冷气，无论如何还是去不掉的。只恐“琼楼玉宇，高处不胜寒”，东坡这句词很能写出明月的精神来，向来传说的忠爱之意究竟是否寄托在内，现在不关重要，可以姑且不谈。总之我于赏月无甚趣味，赏雪赏雨也是一样，因为对于自然还是畏过于爱，自己不敢相信已能克服了自然，所以有些文明人的享乐是于我颇少缘分的。中秋的意义，在我个人看来，吃月饼之重要殆过于看月亮，而还账又过于吃月饼，然则我诚犹未免为乡人也。

缘日

到了夏天，时常想起东京的夜店。己酉庚戌之际，家住本乡的西片町，晚间多往大学前一带散步，那里每天都有夜店，但是在缘日特别热闹，想起来那正是每月初八本乡四丁目的药师如来吧。

缘日意云有缘之日，是诸神佛的诞日或成道示现之日，每月在这一天寺院里举行仪式，有许多人来参拜，同时便有各种商人都来摆摊营业，自饮食用具，花草玩物，以至戏法杂耍，无不具备，颇似北京的庙会，不过庙会虽在寺院内，似乎已经全是市集的性质，又只以白天为限，缘日则晚间更为繁盛，又还算是宗教的行事，根本上就有点不同了。若月紫兰著《东京年中行事》卷上有“缘日”一则，前半云：

“东京市中每日必在什么地方有毗沙门，或药师，或稻荷样等等的祭祀。这便是缘日，晚间只要天气好，就有各色的什么饮食店，粗点心店，旧家具店，玩物店，以及种种家庭用具店，在那寺院境内及其附近，不知有多少家，接连的排着，开起所谓露店来，其中最有意思的大概要算是草花店吧。将各样应节的花木拿来摆着，讨着无法无天的价目，等候寿头来上钩。他们所讨的既是无法无天的价目，所以买客也总是五分之一或十分之一的乱七八糟的还价。其中也有说岂有此理，拒绝不理的，但是假如看去这并不是闹了玩的，卖花的也等到差不多适当的价钱就卖给客人了。”寺门静轩著《江户繁昌记》初编中有《赛日》一篇，也是写缘日情形的，原用汉文，今抄录一部分如下：

“古俚曲词云，月之八日茅场町，大师赛诣不动样，是可以证都中好赛为风之古。赛最盛于夏晚。各场门前街贾人争张露肆，卖器物者皆铺蒲席，并烧萨摩蜡烛，贾食物者必安床阁，吊鱼油灯火，陈果与蓏，烧团粉与明鲞，（案此应作鱿鱼，）轧轧为鱼鲊，沸沸煎油糍。或列百物，价皆十九钱，随人择取，或拈阄合印，赌一货卖之于数人。卖茶娘必美艳，鬻水声自清凉。炫西瓜者照红笺灯，沽饧者张大油伞。灯笼儿（案据旁训即酸浆）十头一串，大通豆一囊四钱。以硝子坛盛金鱼，以黑纱囊贮丹萤。

“近年麦汤之行，茶店大抵供汤，缘麦汤出葛汤，自葛汤出卵汤，井和以砂糖，其他殊雪紫苏，色色异味。其际橐驼师（案即花匠）罗列盆卉种类，皆陈之于架上，闹花闲草，斗奇竞异，枝为屈蟠者，为气条者，叶有间色者，有间道者。钱蒲细叶者栽之以石，石长生作穿眼者以索垂之。若作托叶衣花，若树芦干挟枝。霸王树（案即仙人掌）拥虞美人草，凤尾蕉杂麒麟角（原注云，汉名龙牙木）。百两金，万年青，珊瑚翠兰，种种殊趣。大夫之松，君子之竹，杂木骈植，萧森成林。林下一面，野花点缀。杜荣招客，如求自鬻，女郎花（原注云，汉名败酱）媚伴老少年。露滴泪断肠花，风飘芳燕尾香。鸡冠草皆拱立，凤仙花自不凡。领幽光牵牛花，妆闹色洛阳花。卷丹偏其，黄芹萋兮。桔梗簇紫色，欲夺他家之红，米囊花碎，散落委泥，夜落金钱往往可拾，新罗菊接扶桑花边，见佛头菊于曼陀罗花天竺花间。向此红碧绵绩丛间，夹以虫商。宫商缴如，徵羽绎如，狗蝇黄（案和名草云雀，金铃子类）唱，纺绩娘和，金钟儿声应金琵琶，可恶为聒聒儿所夺。两担笼内，几种虫声，唧唧送韵，绣出武藏野当年荒凉之色，见之于热闹市中之今日，真奇观矣。”

《江户繁昌记》共有六编，悉用汉文所写，而别有风趣。间亦有与中国用字造句绝异之处，略改一二，余仍其旧。初篇作于天保辛卯（一八三一），距今已一百十年，若月氏著上卷刊于明治辛亥（一九一一），亦在今三十年前，而二书相隔盖亦已有八十年之久矣。比较起来，似乎八十年的前后还没有什么大变化，本乡药师的花木大抵也是那些东西，只是多了些洋种，如鹤子花等罢了。近三十年的变化或者更大也未可料，虽然这并没有直接见闻，推想当是如此，总之西洋草花该大占了势力了吧。

北京庙会也多花店，只可惜不大有人注意，予以记录。《北平风俗类征》十三卷征引非不繁富，可是略一翻阅，查不到什么写花厂的文章，结果还只有敦礼臣所著的《燕京岁时记》，记《东西庙》一则下云：

“西庙曰护国寺，在皇城西北定府大街正西，东庙曰隆福寺，在东四牌楼西马市正北，自正月起，每逢七八日开西庙，九十日开东庙。开会之日，百货云集，凡珠玉绫罗，衣服饮食，古玩字画，花鸟虫鱼，以及寻常日用之物，星卜杂技之流，无所不有，乃都城内之一大市会也。两庙花厂尤为雅观，夏日以茉莉为胜，秋日以桂菊为胜，冬日以水仙为胜，至于春花中如牡丹海棠丁香碧桃之流，皆能于严冬开放，鲜艳异常，洵足以巧夺天工，预支月令。”这里虽然语焉不详，但是慰情胜无，可以珍重。这种事情在有些人看来觉得没有意思，或者还是玩物丧志，要为道学家所呵叱，这者我也知道，向来没有人肯下笔记录，岂不就是为此么，但是我仍是相信，这都值得用心，而且还很有用处。

要了解一国民的文化，特别是外国的，我觉得如单从表面去看，那是无益的事，须得着眼于其情感生活，能够了解几分对于自然与人生态度，这才可以稍有所得。从前我常想从文学美术去窥见一国的文化大略结局是徒劳而无功，后始省悟，自呼愚人不止，懊悔无及，如要卷土重来，非从民俗学入手不可。古今文学美术之菁华，总是一时的少数的表现，持与现实对照，往往不独不能疏通证明，或者反有牴牾亦未可知，如以礼仪风俗为中心，求得其自然与人生观，更进而了解其宗教情绪，那么这便有了六七分光，对于这国的事情可以有懂得的希望了。不佞不凑巧乃是少信的人，宗教方面无法入门，此外关于民俗却还想知道，虽是秉烛读书，不但是老学而且是困学，也不失为遣生之法，对于缘日的兴趣亦即由此发生，写此小文，目的与文艺不大有关系，恐难得人赐顾，亦正是当然也。

廿九年六月　夏至节

苏州的回忆

说是回忆，仿佛是与苏州有很深的关系，至少也总经过十年以上的样子，可是事实上却并不然。民国七八年间坐火车走过苏州，共有四次，都不曾下车，所看见的只是车站内的情形而已。去年四月因事经南京，始得顺便至苏州一游，也只有两天的停留，没有走到多少地方，所以见闻很是有限。当时江苏日报社有郭梦鸥先生以外几位陪着我们走，在那两天的报上随时都有很好的报道，后来郭先生又有一篇文章，登在第三期的《风雨谈》上，此外实在觉得更没有什么可以纪录的了。但是，从北京远迢迢地经苏州走一趟，现在也不是容易事，其时又承本地各位先生恳切招待，别转头来走开之后，再不打一声招呼，似乎也有点对不起。现在事已隔年，印象与感想都渐就着落，虽然比较地简单化了，却也可以稍得要领，记一点出来，聊以表示对于苏州的恭敬之意，至于旅人的话，谬误难免，这是要请大家见恕的了。

我旅行过的地方很少，有些只根据书上的图像，总之我看见各地方的市街与房屋，常引起一个联想，觉得东方的世界是整个的。譬如中国，日本，朝鲜，琉球，各地方的家屋，单就照片上看也罢，便会确凿地感到这里是整个的东亚。我们再看乌鲁木齐，宁古塔，昆明各地方，又同样的感觉这里的中国也是整个的。可是在这整个之中别有其微妙的变化与推移，看起来亦是很有趣味的事。以前我从北京回绍兴去，浦口下车渡过长江 ，就的确觉得已经到了南边，及车抵苏州站，看见月台上车厢里的人物声色，便又仿佛已入故乡境内，虽然实在还有五六百里的距离。现至通称江浙，有如古时所谓吴越或吴会，本来就是一家，杜荀鹤有几首诗写得很好，其一《送人游吴》云：

君到姑苏见，人家尽枕河。古宫闲地少，水港小桥多。夜市卖菱藕，春船戴绮罗。遥知未眠月，乡思在渔歌。

又一首《送友游吴越》云：

去越从吴过，吴疆与越连，有园多种橘，无水不生莲。夜市桥边火，春风寺外船。此中偏重客，君去必经年。

诗固然做的好，所写事情也正确实，能写出两地相同的情景。我到苏州第一感觉的也是这一点，其实即是证实我原有的漠然的印象罢了。我们下车后，就被招待游灵岩去，先到木渎在石家饭店吃过中饭。从车站到灵岩，第二天又出城到虎丘，这都是路上风景好，比目的地还有意思，正与游兰亭的人是同一经验。我特别感觉有趣味的，乃是在木渎下了汽车，走过两条街往石家饭店去时，看见那里的小河，小船，石桥，两岸枕河的人家，觉得和绍兴一样，这是江南的寻常景色，在我江东的人看了也同样的亲近，恍如身在故乡了。又在小街上见到一爿糕店，这在家乡极是平常，但北方绝无这些糕类，好些年前曾在《卖糖》这一篇小文中附带说及，很表现出一种乡愁来，现在却忽然遇见，怎能不感到喜悦呢。只可惜匆匆走过，未及细看这柜台上蒸笼里所放着的是什么糕点，自然更不能够买了来尝了。不过就只是这样看了一眼走过了，也已很是愉快，后来不久在城里几处地方，虽然不是这店里所做，好的糕饼也吃到好些，可以算是满意了。

第二天往马医科巷，据说这地名本来是蚂蚁窠巷，后为转讹，并不真是有过马医牛医住在那里，去拜访俞曲园先生的春在堂。南方式的厅堂结构原与北方不同，我在曲园前面的堂屋里徘徊良久之后，再往南去看俞先生著书的两间小屋，那时所见这些过廊，侧门，天井种种，都恍忽是曾经见过似的，又流连了一会儿。我对同行的友人说，平伯有这样好的老屋在此，何必留滞北方，我回去应当劝他南归才对。说的虽是半玩笑的话，我的意思却是完全诚实的，只是没有为平伯打算罢了，那所大房子就是不加修理，只说点灯，装电灯固然了不得，石油没有，植物油又太贵，都无办法，故即欲为点一盏读书灯计，亦自只好仍旧蛰居于北京之古槐书屋矣。我又去拜谒章太炎先生墓，这是在锦帆路章宅的后园里，情形如郭先生文中所记，兹不重述，章宅现由省政府宣传处明处长借住，我们进去稍坐，是一座洋式的楼房，后边讲学的地方云为外国人所占用，尚未能收回，因此我们也不能进去一看，殊属遗憾。俞章两先生是清末民初的国学大师，却都别有一种特色，俞先生以经师而留心轻文学，为新文学运动之先河，章先生以儒家而兼治佛学，又倡道革命，承先启后，对于中国之学术与政治的改革至有影响，但是至晚年却又不约而同的定住苏州，这可以说是非偶然的偶然，我觉得这里很有意义，也很有意思。俞章两先生是浙西人，对于吴地很有情分，也可以算是一小部分的理由，但其重要的原因还当别有所在。由我看去，南京、上海、杭州，均各有其价值与历史，唯若欲求多有文化的空气与环境者，大约无过苏州了吧。两先生的意思或者看重这一点，也未可定。现在南京有中央大学，杭州也有浙江大学了，我以为在苏州应当有一个江苏大学，顺应其环境与空气，特别向人文科学方面发展，完成两先生之弘业大愿，为东南文化确立其根基，此亦正是丧乱中之一件要事也。

在苏州的两个早晨过得很好，都有好东西吃，虽然这说的似乎有点俗，但是事实如此，而且谈起苏州，假如不讲到这一点，我想终不免是一个罅漏。若问好东西是什么，其实我是乡下粗人，只知道是糕饼点心，到口便吞，并不曾细问种种的名号。我可记得乱吃得很不少，当初江苏日报或是郭先生的大文里仿佛有着记录。我常这样想，一国的历史与文化传得久远了，在生活上总会留下一点痕迹，或是华丽，或是清淡，却无不是精炼的，这并不想要夸耀什么，却是自然应有的表现。我初来北京的时候，因为没有什么好点心，曾经发过牢骚，并非真是这样贪吃，实在也只为觉得他太寒伧，枉做了五百年首都，连一些细点心都做不出，未免丢人罢了。我们第一早晨在吴苑，次日在新亚，所吃的点心都很好，是我在北京所不曾遇见过的，后来又托朋友在采芝斋买些干点心，预备带回去给小孩辈吃，物事不必珍贵，但也很是精炼的，这尽够使我满意而且佩服，即此亦可见苏州生活文化之一斑了。这里我特别感觉有趣味的，乃是吴苑茶社所见的情形。茶食精洁，布置简易，没有洋派气味，固已很好，而吃茶的人那么多，有的像是祖母老太太，带领家人妇子，围着方桌，悠悠的享用，看了很有意思。性急的人要说，在战时这种态度行么？我想，此刻现在，这里的人这么做是并没有什么错的。大抵中国人多受孟子思想的影响，他的态度不会得一时急变，若是因战时而面粉白糖渐渐不见了，被迫得没有点心吃，出于被动的事那是可能的。总之在苏州，至少是那时候，见了物资充裕，生活安适，由我们看惯了北方困穷的情形的人看去，实在是值得称赞与羡慕。我在苏州感觉得不很适意的也有一件事，这便是住处。据说苏州旅馆绝不容易找，我们承公家的斡旋得能在乐乡饭店住下，已经大可感谢了，可是老实说，实在不大高明。设备如何都没有关系，就只苦于太热闹，那时我听见打牌声，幸而并不在贴夹壁，更幸而没有拉胡琴唱曲的，否则次日往虎丘去时马车也将坐不稳了。就是像沧浪亭的旧房子也好，打扫几间，让不爱热闹的人可以借住，一面也省得去占忙的房间，妨碍人家的娱乐，倒正是一举两得的事吧。

在苏州只住了两天，离开苏州已将一年了，但是有些事情还清楚的记得，现在写出几项以为纪念，希望将来还有机缘再去，或者长住些时光，对于吴语文学的发源地更加以观察与认识也。

民国甲申3月8日

雨的感想

今年夏秋之间北京的雨下的不大多，虽然在田地里并不旱干，城市中也不怎么苦雨，这是很好的事。北京一年间的雨量本来颇少，可是下得很有点特别，他把全年份的三分之二强在六七八月中间落了，而七月的雨又几乎要占这三个月份总数的一半。照这个情形说来，夏秋的苦雨是很难免的。在民国十三年和二十六年，院子里的雨水上了阶沿，进到西书房里去，证实了我的苦雨斋的名称，这都是在七月中下旬，那种雨势与雨声想起来也还是很讨嫌，因此对于北京的雨我没有什么好感，像今年的雨量不多，虽是小事，但在我看来自然是很可感谢的了。

不过讲到雨，也不是可以一口抹杀，以为一定是可嫌恶的。这须得分别言之，与其说时令，还不如说要看地方而定。在有些地方，雨并不可嫌恶，即使不必说是可喜。囫囵的说一句南方，恐怕不能得要领，我想不如具体的说明，在到处有河流，满街是石板路的地方，雨是不觉得讨厌的，那里即使会涨大水，成水灾，也总不至于使人有苦雨之感。我的故乡在浙东的绍兴，便是这样的一个好例。在城里，每条路差不多有一条小河平行着，其结果是街道上桥很多，交通利用大小船只，民间饮食洗濯依赖河水，大家才有自用井，蓄雨水为饮料。河岸大抵高四五尺，下雨虽多尽可容纳，只有上游水发，而闸门淤塞，下流不通，成为水灾，但也是田野乡村多受其害，城里河水是不至于上岸的。

因此住在城里的人遇见长雨，也总不必担心水会灌进屋子里来，因为雨水都流入河里，河固然不会得满，而水能一直流去，不至停住在院子或街上者，则又全是石板路的关系。

我们不曾听说有下水沟渠的名称，但是石板路的构造仿佛是包含有下水计划在内的，大概石板底下都用石条架着，无论多少雨水全由石缝流下，一总到河里去。人家里边的通路以及院子即所谓明堂也无不是石板，室内才用大方砖砌地，俗名曰地平。在老家里有一个长方的院子，承受南北两面楼房的雨水，即使下到四十八小时以上，也不见他停留一寸半寸的水，现在想起来觉得很是特别，秋季长雨的时候，睡在一间小楼上或是书房内，整夜的听雨声不绝，固然是一种喧嚣，却也可以说是一种萧寂，或者感觉好玩也无不可，总之不会得使人忧虑的。吾家濂溪先生有一首《夜雨书窗》的诗云：

秋风扫暑尽，半夜雨淋漓。

绕屋是芭蕉，一枕万响围。

恰似钓鱼船，篷底睡觉时。

这诗里所写的不是浙东的事，但是情景大抵近似，总之说是南方的夜雨是可以的吧。

在这里便很有一种情趣，觉得在书室听雨如睡钓鱼船中，倒是很好玩似的。不雨无论久暂，道路不会泥泞，院落不会积水，用不着什么忧虑，所有的唯一的忧虑只是怕漏。大雨急雨从瓦缝中倒灌而入，长雨则瓦都湿透了，可以浸润缘入，若屋顶破损，更不必说，所以雨中搬动面盆水桶，罗列满地，承接屋漏，是常见的事。民间故事说不怕老虎只怕漏，生出偷儿和老虎猴子的纠纷来，日本也有虎狼古屋漏的传说，可见此怕漏的心理分布得很是广远也。

下雨与交通不便本是很相关的，但在上边所说的地方也并不一定如此。一般交通既然多用船只，下雨时照样的可以行驶，不过篷窗不能推开，坐船的人看不到山水村庄的景色，或者未免气闷，但是闭窗坐听急雨打篷，如周濂溪所说，也未始不是有趣味的事。

再说舟子，他无论遇见如何的雨和雪，总只是一蓑一笠，站在后艄摇他的橹，这不要说什么诗味画趣，却是看去总毫不难看，只觉得辛劳质朴，没有车夫的那种拖泥带水之感。

还有一层，雨中水行同平常一样的平稳，不会像陆行的多危险，因为河水固然一时不能骤增，即使增涨了，如俗语所云，水涨船高，别无什么害处，其唯一可能的影响乃是桥门低了，大船难以通行，若是一人两桨的小船，还是往来自如。水行的危险盖在于遇风，春夏间往往于晴明的午后陡起风暴，中小船只在河港阔大处，又值舟子缺少经验，易于失事，若是雨则一点都不要紧也。坐船以外的交通方法还有步行。雨中步行，在一般人想来总很是困难的吧，至少也不大愉快。在铺着石板路的地方，这情形略有不同。因为是石板路的缘故，既不积水，亦不泥泞，行路困难已经几乎没有，余下的事只须防湿便好，这有雨具就可济事了。从前的人出门必带钉鞋雨伞，即是为此，只要有了雨具，又有脚力，在雨中要走多少里都可随意，反正地面都是石板，城坊无须说了，就是乡村间其通行大道至少有一块石板宽的路可走，除非走入小路岔道，并没有泥泞难行的地方。

本来防湿的方法最好是不怕湿，赤脚穿草鞋，无往不便利平安，可是上策总难实行，常人还只好穿上钉鞋，撑了雨伞，然后安心的走到雨中去。我有过好多回这样的在大雨中间行走，到大街里去买吃食的东西，往返就要花两小时的工夫，一点都不觉得有什么困难。最讨厌的还是夏天的阵雨，出去时大雨如注，石板上一片流水，很高的钉鞋齿踏在上边，有如低板桥一般，倒也颇有意思，可是不久云收雨散，石板上的水经太阳一晒，随即干涸，我们走回来时把钉鞋踹在石板路上嘎唧嘎唧的响，自己也觉得怪寒伧的，街头的野孩子见了又要起哄，说是旱地乌龟来了。

这是夏日雨后出门的人常有的经验，或者可以说是关于钉鞋雨伞的一件顶不愉快的事情吧。

以上是我对于雨的感想，因了今年北京夏天不下大雨而引起来的。但是我所说的地方的情形也还是民国初年的事，现今一定很有变更，至少路上石板未必保存得住，大抵已改成蹩脚的马路了吧。那么雨中步行的事便有点不行了，假如河中还可以行船，屋下水沟没有闭塞，在篷底窗下可以平安的听雨，那就已经是很可喜幸的了。

民国甲申　八月处暑节

东昌坊故事

余家世居绍兴府城内东昌坊口，其地素不著名，惟据山阴吕善报著《六红诗话》，卷三录有张宗子《快园道古》九则，其一云：

“苏州太守林五磊素不孝，封公至署半月即勒归，予金二十，命悍仆押其抵家，临行乞三白酒数色亦不得，半途以气死。时越城东昌坊有贫子薛五者，至孝，其父于冬日每早必赴混堂沐浴，薛五必携热酒三合御寒，以二鸡蛋下酒。袁山人雪堂作诗云：三合陈醑敌早寒，一双鸡子白团团，可怜苏郡林知府，不及东昌薛五官。”又毛西河文集中题罗坤所藏吕潜山水册子，起首云：

“壬子秋遇罗坤蒋侯祠下，屈指揖别东昌坊五年矣。”关于东昌坊的典故，在明末清初找到了两个，也很可以满意了。东昌坊口是一条东西街，南北两面都是房屋，路南的屋后是河，西首架桥曰都亭桥，东则曰张马桥，大抵东昌坊的区域便在此二桥之间。

张马桥之南曰张马巷，亦云绸缎巷，北则是丁字路，迄东有广思堂王宅，其地即土名广思堂，不知其属于东昌坊或覆盆桥也。都亭桥之南曰都亭桥下，稍前即是让檐街，桥北为十字路，东昌坊口之名盖从此出，往西为秋官第，往北则塔子桥，狙击琶八之唐将军庙及墓皆在此地。我于光绪辛丑往南京以前，有十四五年在那里住过，后来想起来还有好些事情不能忘记，可以记述一点下来。从老家到东昌坊口大约隔着十几家门面，这条路上的石板高低大小，下雨时候的水汪，差不多都还可想象，现在且只说十字路口的几家店铺吧。东南角的德兴酒店是老铺，其次是路北的水果摊与麻花摊，至于西南角的泰山堂药店乃是以风水卜卦起家，绰号矮癞胡的申屠泉所开，算是暴发户，不大有名望了。

关于德兴酒店，我的记忆最为深远。我从小时候就记得我家与德兴做账，每逢忌日祭祀，常看见用人拿了经摺子和酒壶去取掺水的酒来，随后到了年节再酌量付还。我还记得有一回，大概是七八岁的时候，独自一人走到德兴去，在后边雅座里找着先君正和一位远房堂伯在喝老酒。他们称赞我能干，分下酒的鸡肫豆给我吃，那时的长方板桌与长凳，高脚的浅酒碗，装下酒盐豆等的黄沙粗碟，我都记得很清楚，虽然这些东西一时别无变化，后来也仍时常看见。连带的使我不能忘记的是酒店所有的各种过酒胚，下酒的小吃，固然这不一定是德兴所做的最好，不过那里自然具备，我们的经验也是从那里得来的，鸡肫豆与茴香豆都是其中重要的一种，七年前在《记盐豆》的小文中曾说：

“小时候在故乡酒店常以一文钱买一包鸡肫豆，用细草纸包作纤足状，内有豆可二三十粒，乃是黄豆盐煮漉干，软硬得中，自有风味。”为什么叫做鸡肫的呢？其理由不明了，大约为的是嚼着有点软带硬，仿佛像鸡肫似的吧。茴香豆是用蚕豆，越中称作罗汉豆所制，只是干煮加香料，大茴香或是桂皮，也是一文钱起码，亦可以说是为限，因为这种豆不曾听说买上若干文，总是一文一把抓，伙计即酒店官他很有经验，一手抓去数量都差不多，也就摆作一碟，虽然要几碟或几把自然也是自由。此外现成的炒洋花生，豆腐干，咸豆豉等大略具备，但是说也奇怪，这里没有荤腥味，连皮蛋也没有，不要说鱼干鸟肉了。本来这是卖酒附带喝酒，与饭馆不同，是很平民的所在，并不预备阔客的降临，所以只有简单的食品，和朴陋的设备正相称。上边所说的这些豆类都似乎是零食，在供给酒客之外，一部分还是小孩们光顾买去，此外还有一两种则是小菜类的东西，人家买去可以作临时的下饭，也是很便利的事。其一名称未详，只是在陶钵内盐水煮长条油豆腐，仿佛是一文钱一个，临买时装在碗里，上面加上些红辣茄酱。这制法似乎别无巧妙，不知怎的自己煮来总不一样，想吃时还须得拿了碗到柜上去买。其二名曰时萝卜，以萝卜带皮切长条，用盐略腌，再以红霉豆腐卤渍之，随时取食。此皆是极平常的食物，然在素朴之中自有真味，而皆出自酒店店头，或亦可见酒人之真能知味也。

东北角的水果摊其实也是一间店面，西南两面开放，白天撤去排门，台上摆着些水果，似摊而有屋，似店而无招牌店号，主人名连生，所以大家并其人与店称之曰水果连生云。平常是主妇看店，水果连生则挑了一担水果，除沿街叫卖外，按时上各主顾家去销售。这担总有百十来斤重，挑起来很费气力，所以他这行业是商而兼工的，有些主顾看见他把这一副沉重的担子挑到内堂前，觉得不大好意思让他原担挑了出去，所以多少总要买他一点，无论是杨梅或是桃子。东昌坊距离大街很远，就是大云桥也不很近，临时想买点东西只好上水果连生那里去，其价钱较贵也可以说是无怪的。小时候认识一个南街的小破脚骨，自称姜太公之后，他曾说水果连生所卖的水果是仙丹，所以那么贵，又一转而称店主人曰华佗，因为仙丹当然只有华佗那里发售。

都亭桥下又有一家没有招牌的店，出卖荤粥，后来改卖馄饨和面，店更繁昌起来了。主人姓张，曾租住我家西边余屋，开棺材店多年，我的曾祖母是很严格的人，可是没有一点忌讳，真很可佩服。我还记得墙上黑字写着张永兴字号，龙游寿枋等语。这张老板一面做着寿材一面在住家制荤粥出售。荤粥一名肉骨头粥，系从猪肉店买骨头来煮粥，食时加葱花小虾米及酱油，每碗才几文钱，价廉而味美，是平民的好食品，虽然绅士们不大肯屈尊光顾。我们和姜君常常去吃，有一天已经吃下大半碗去了的时候，姜君忽然正色问道，你们没有放下什么毒药么？这一句话问的张老板的儿子媳妇哑口无言，不知道怎么问答才好，姜君乃徐徐说道，我怕你们兜揽那面的生意呢。店里的人只好苦笑，这其实也是真的，假如感觉敏捷一点的人想到店主人的本业，心里难免有这种疑问，不过不好说出来罢了。这荤粥的味道至今未能忘记，虽然这期间已经有了四十多年的间隔，上月收到长女的乳母诉苦的信，说米价每升已至三四千元，荤粥这种奢侈食品，想必早已没有了吧。因为这样的缘故，把多少年前的地方和情状记录一点下来，或者也不是全无意思的事。

乙酉（一九四五年）七月四日

石板路

石板路在南边可以说是习见的物事，本来似乎不值得提起来说，但是住在北京久了，现在除了天安门前的一段以外，再也见不到石路，所以也觉似有点希罕。南边石板路虽然普通，可是在自己最为熟悉，也最有兴趣的，自然要算是故乡的，而且还是三十年前那时候的路，因为我离开家乡就已将三十年，在这中间石板恐怕都已变成了粗恶的马路了吧。案《宝庆会稽续志》卷一《街衢》云：

“越为会府，衢道久不修治，遇雨泥淖几于没膝，往来病之。守汪纲亟命计置工石，所至缮砌，浚治其湮塞，整齐其嵚崎，除衖陌之秽污，复河渠之便利，道涂堤岸，以至桥梁，靡不加葺，但夷如砥，井里嘉叹。”《乾隆绍兴府志》卷七引《康熙志》云：

“国朝以来衢路益修洁，自市门至委巷，粲然皆石甃，故海内有天下绍兴街之谣。然而生齿日繁，阛阓充斥，居民日夕侵占，以广市廛，初联接飞檐，后竟至丈余，为居货交易之所，一人作俑，左右效尤，街之存者仅容车马。每遇雨霁雪消，一线之径，阳焰不能射入，积至五六日犹泥泞，行者苦之。至冬残岁晏，乡民杂遝，到城贸易百物，肩摩趾蹑，一失足则腹背为人蹂躏。康熙六十年知府俞卿下令辟之，以石牌坊中柱为界，使行人足以往来。”查志载汪纲以宋嘉定十四年权知绍兴府，至清康熙六十年整整是五百年，那街道大概就一直整理得颇好，又过二百年直至清末还是差不多。我们习惯了也很觉得平常，原来却有天下绍兴街之谣，这是在现今方才知道。小时候听唱山歌，有一首云：

知了喳喳叫，

石板两头翘，

懒惰女客困旰觉。

知了即是蝉的俗名，盛夏蝉鸣，路上石板都热得像木板晒干，两头翘起。又有歌述女仆的生活，主人乃是大家，其门内是一块石板到底。由此可知在民间生活上这石板是如何普遍，随处出现。我们又想到七星岩的水石宕，通称东湖的绕门山，都是从前开采石材的遗迹，在绕门山左近还正在采凿着，整座的石山就要变成平地，这又是别一个证明。普通人家自大门内凡是走路一律都是石板，房内用砖铺地，或用大方砖名曰地平，贫家自然也多只是泥地，但凡路必用石，即使在小村里也有一条石板路，阔只二尺，仅够行走。至于城内的街无不是石，年久光滑不便于行，则凿去一层，雨后即着旧钉鞋行走其上亦不虞颠仆，更不必说穿草鞋的了。街市之杂遝仍如旧志所说，但店家侵占并不多见，只是在大街两边，就店外摆摊者极多，大抵自轩亭口至江桥，几乎沿路接联不断，中间空路也就留存得有限，从前越中无车马，水行用船，陆行用轿，所以如改正旧文，当云仅容肩舆而已。这些摆摊的当然有好些花样，不晓得如今为何记不清楚，这不知究竟是为了年老健忘，还是嘴馋眼馋的缘故，记得最明白的却是那些水果摊子，满台摆满了秋白梨和苹果，一堆一角小洋，商人大张着嘴在那里嚷着叫卖。这种呼声也很值得记录，可惜也忘记了，只记得一点大意。石天基《笑得好》中有一则笑话，题目是老虎诗，其文曰：

“一人向众夸说，我见一首虎诗，做得极好极妙，止得四句诗，便描写已尽。傍人请问，其人曰，头一句是甚的甚的虎，第二句是甚的甚的苦，傍人又曰，既是上二句忘了，可说下二句罢。其人仰头想了又想，乃曰，第三句其实忘了，还亏第四句记得明白，是很得很的意思。”市声本来也是一种歌谣，失其词句，只存意思，便与这老虎诗无异。

叫卖的说东西贱，意思原是寻常，不必多来记述，只记得有一个特殊的例：卖秋白梨的大汉叫卖一两声，频高呼曰，来驮哉，来驮哉，其声甚急迫。这三个字本来也可以解为请来拿吧，但从急迫的声调上推测过去，则更像是警戒或告急之词，所以显得他很是特别。他的推销法亦甚积极，如有长衫而不似寒酸或啬刻的客近前，便云：拿几堆去吧。不待客人说出数目，已将台上两个一堆或三个一堆的梨头用右手搅乱归并，左手即抓起竹丝所编三文一只的苗篮来，否则亦必取大荷叶卷成漏斗状，一堆两堆的尽往里装下去。

客人连忙阻止，并说出需要的堆数，早已来不及。普通的顾客大抵不好固执，一定要他从荷叶包里拿出来再摆好在台上，所以只阻止他不再加入，原要两堆如今已是四堆，也就多花两个角子算了。俗语云：挜卖情销，上边所说可以算作一个实例。路边除水果外一定还有些别的摊子，大概因为所卖货色小时候不大亲近，商人又不是那么大嚷大叫，所以不大注意，至今也就记不起来了。

与石板路有关系的还有那石桥。这在江南是山水风景中的一个重要分子，在画面上可以时常见到。绍兴城里的西边自北海桥以次，有好些大的圆洞桥，可以入画，老屋在东郭门内，近处便很缺少了，如张马桥，都亭桥，大云桥，塔子桥，马梧桥等，差不多都只有两三级，有的还与路相平，底下只可通小船而已。禹迹寺前的春波桥是个例外，还是小圆洞桥，但其下可以通行任何乌篷船，石级也当有七八级了。虽然凡桥虽低而两栏不是墙壁者，照例总有天灯用以照路，不过我所明了记得的却又只是春波桥，大约因为桥较大，天灯亦较高的缘故吧。这乃是一支木竿高约丈许，横木上着板制人字屋脊，下有玻璃方龛，点油灯，每夕以绳上下悬挂。翟晴江《无不宜斋稿》卷一《甘棠村杂咏》之十六《咏天灯》云：

“冥冥风雨宵，孤灯一杠揭。荧光散空虚，灿逾田烛设。夜间归人稀，隔林自明灭。”这所说是杭州的事，但大体也是一样。在民国以前，属于慈善性的社会事业，由民间有志者主办，到后来恐怕已经消灭了吧。其实就是在那时候，天灯的用处大半也只是一种装点，夜间走路的人除了夜行人外，总须得自携灯笼，单靠天灯是决不够的。拿了“便行”灯笼走着，忽见前面低空有一点微光，预告这里有一座石桥了，这当然也是有益的，同时也是有趣味的事。

三十四年十二月二日记　时正闻驴鸣

风的话

北京多风，则常想写一篇小文章讲讲它。但是一拿起笔，第一想到的便是大块噫气这些话，不觉索然兴尽，又只好将笔搁下。近日北京大刮其风，不但三日两头的刮，而且一刮往往三天不停，看看妙峰山的香市将到了，照例这半个月里是不大有什么好天气的，恐怕书桌上沙泥粒屑，一天里非得擦几回不可的日子还要暂时继续，对于风不能毫无感觉，不管是好是坏，决意写了下来。

说风的感想，重要的还是在南方，特别是小时候在绍兴所经历的为本，虽然觉得风颇有点可畏，却并没有什么可以嫌恶的地方。绍兴是水乡，到处是河港，交通全用船，道路铺的是石板，在二三十年前还是没有马路。因为这个缘故，绍兴的风也就有它的特色。这假如说是地理的，此外也有一点天文的关系。

绍兴在夏秋之间时常有一种龙风，这是在北京所没有见过的。时间大抵在午后，往往是很好的天气，忽然一朵乌云上来，霎时天色昏黑，风暴大作，在城里说不上飞沙走石，总之是竹木摧折，屋瓦整叠的揭去，哗喇喇的掉在地下，所谓把井吹出篱笆外的事情也不是没有。若是在外江内河，正坐在船里的人，那自然是危险了，不过撑蜑船的老大们大概多是有经验的，他们懂得占候，会看风色，能够预先防备，受害或者不很大。龙风本不是年年常有，就是发生也只是短时间，不久即过去了，记得老子说过，“飘风不终朝，骤雨不终日，孰为此者天地，天地尚不能久，而况于人乎。”这话说得很好，此本是自然的纪律，虽然应用于人类的道德也是适合。下龙风一二等的大风却是随时多有，大中船不成问题，在小船也还不免危险。我说小船，这是指所谓踏桨船，从前在《乌篷船》那篇小文中有云：

“小船则真是一叶扁舟，你坐在船底席上，篷顶离你的头有两三寸，你的两手可以搁在左右的舷上，还把手掌都露出在外边。在这种船里仿佛是在水面上坐，靠近田岸去时便和你的眼鼻接近，而且遇着风浪，或是坐得稍不小心，就会船底朝天，发生危险，但是也颇有趣味，是水乡的一种特色。”

陈昼卿《海角行吟》中有诗题曰《脚桨船》，小注云：“船长丈许，广三尺，坐卧容一身，一人坐船尾，以足踏桨行如飞，向惟越人用以狎潮渡江，今江淮人并用之以代急足。”这里说明船的大小，可以作为补足，但还得添一句，即舟人用一桨一楫，无舵，以楫代之。船的容量虽小，但其危险却并不在这小的一点上，因为还有一种划划船，更窄而浅，没有船篷，不怕遇风倾覆，所以这小船的危险乃是因有篷而船身较高之故。在庚子的前一年，我往东浦去吊先君的保母之丧，坐小船过大树港，适值大风，望见水面波浪如白鹅乱窜，船在浪上颠播起落，如走游木，舟人竭力支撑，驶入汊港，始得平定，据说如再颠一刻，不倾没也将破散了。这种事情是常会有的，约十年后我的大姑母来家拜忌日，午后回吴融村去，小船遇风浪倾覆，遂以溺死。我想越人古来断发文身，入水与蛟龙斗，干惯了这些事，活在水上，死在水里，本来是觉悟的，俗语所谓瓦罐不离井上破，是也。我们这班人有的是中途从别处迁移去的，有的虽是土著，经过二千余年的岁月，未必能多少保存长颈鸟喙的气象，可是在这地域内住了好久，如范少伯所说，鼋鼍鱼鳖之与处而蛙黾之与同陼，自然也就与水相习，养成了这一种态度。辛丑以后我在江南水师学堂做学生，前后六年不曾学过游泳，本来在鱼雷学堂的旁边有一个池，因为有两个年幼的学生不慎淹死在里边，学堂总办就把池填平了，等我进校的时候那地方已经改造了三间关帝庙，住着一个老更夫，据说是打长毛立过功的都司。我年假回乡时遇见人问，你在水师当然是会游水吧。我答说，不。为什么呢？因为我们只是在船上时有用，若是落了水就不行了，还用得着游泳么。这回答一半是滑稽，一半是实话，没有这个觉悟怎么能去坐那小船呢。

上边我说在家乡就只怕坐小船遇风，可是如今又似乎翻船并不在乎，那么这风也不甚么可畏了。其实这并不尽然。风总还是可怕的，不过水乡的人既要以船为车，就不大顾得淹死与否，所以看得不严重罢了。除此以外，风在绍兴就不见得有什么讨人嫌的地方，因为它并不扬尘，街上以至门内院子里都是石板，刮上一天风也吹不起尘土来，白天只听得邻家的淡竹林的摩戛声，夜里北面楼窗的板门格答格答的作响，表示风的力量，小时候熟习的记忆现在回想起来，倒还觉得有点有趣。后来离开家乡，在东京随后在北京居住，才感觉对于风的不喜欢。本乡三处的住宅都有板廊，夏天总是那么沙泥粒屑，便是给风刮来的，赤脚踏上去觉得很不愉快，桌子上也是如此，伸纸摊书之前非得用手摸一下不可，这种经验在北京还是继续着，所以成了习惯，就是在不刮风的日子也会这样做，北京还有那种蒙古风，仿佛与南边的所谓落黄沙相似，刮得满地满屋的黄土，这土又是特别的细，不但无孔不入，便是用本地高丽纸糊好的门窗格子也挡不住，似乎能够从那帘纹的地方穿透过去。平常大风的时候，空中呼呼有声，古人云，春风狂似虎，或者也把风声说在内，听了觉得不很愉快。

古诗有云，白杨多悲风，萧萧愁杀人。这萧萧的声音我却是欢喜，在北京所听的风声中要算是最好的。在前院的绿门外边，西边种了一棵柏树，东边种了一棵白杨，或者严格的说是青杨，如今十足过了廿五个年头，柏树才只拱把，白杨却已长得合抱了。前者是长青树，冬天看了也好看，后者每年落叶，到得春季长出成千万的碧绿大叶，整天的在摇动着，书本上说它无风自摇，其实也有微风，不过别的树叶子尚未吹动，白杨叶柄特别细，所以就颤动起来了。戊寅以前老友饼斋常来寒斋夜谈，听见墙外瑟瑟之声，辄惊问曰，下雨了吧，但不等回答，立即省悟，又为白杨所骗了。戊寅眷初饼斋下世，以后不复有深夜谈天的事，但白杨的风声还是照旧可听，从窗里望见一大片的绿叶也觉得很好看。

关于风的话现在可说的就只是这一点，大概风如不和水在一起这固无可畏，却也就没有什么意思了。阴历三月末日。

| 水乡怀旧

住在北京很久了，对于北方风土已经习惯，不再怀念南方的故乡了，有时候只是提起来与北京比对，结果却总是相形见绌，没有一点儿夸示的意思。譬如说在冬天，民国初年在故乡住了几年，每年脚里必要生冻疮，到春天才脱一层皮，到北京后反而不生了，但是脚后跟的斑痕四十年来还是存在，夏天受蚊子的围攻，在南方最是苦事，白天想写点东西只有在蚊烟的包围中，才能勉强成功，但也说不定还要被咬上几口，北京便是夜里我也是不挂帐子的。但是在有些时候，却也要记起它的好处来的，这第一便是水。因为我的故乡是在浙东，乃是有名的水乡，唐朝杜荀鹤送人游吴的诗里说：

君到如苏见，人家尽枕河。

古宫闲地少，水港小桥多。

他这里虽是说的姑苏，但在别一首里说："去越从吴过，吴疆与越连。"这话是不错的，所以上边的话可以移用，所谓"人家尽枕河”，实在形容得极好。北京照例有春旱，下雪以后绝不下雨，今年到了六月还没有透雨，或者要等到下秋雨了吧。在这样干巴巴的时候，虽是常有的几乎是每年的事情，便不免要想起那“水港小桥多”的地方有些事情来了。

在水乡的城里是每条街几乎都有一条河平行着，所以到处有桥，低的或者只有两三级，桥下才通行小船，高的便有六七级了。乡下没有这许多桥，可是汊港纷歧，走路就靠船只，等于北方的用车，有钱的可以专雇，工作的人自备有“出坂”船，一般普通人只好趁公共的通航船只。这有两种，其一名曰埠船，是走本县近路的，其二曰航船，走外县远路，大抵夜里开，次晨到达。埠船在城里有一定的埠头，早上进城，下午开回去，大抵水陆六七十里，一天里可以打来回的，就都称为埠船，埠船总数不知道共有多少，大抵中等的村子总有一只，虽是私人营业，其实可以算是公共交通机关，鲁迅短篇小说集《彷徨》里有一篇讲离婚的小说，说庄木三带领他的女儿往庞庄找慰老爷去，即是坐埠船去的，但是他在那里使用国语称作航船，小说又重在描画人物，关于埠船的东西没有什么描写。这是一种白篷的中型的田庄船，两旁直行镶板，并排坐人，中间可以搁放物件。船钱不过一二十文吧，看路的远近，也不一定。乡村的住户是固定的，彼此都是老街坊，或者还是本家，上船一看乘客差不多是熟人，坐下就聊起天来，这里的空气与那远路多是生客的航船便很有点不同。航船走的多是从前的驿路，终点即是驿站，它的职业是送往迎来的事，埠船却办着本村的公用事业，多少有点给地方服务的意思，不单是营业，它不但搭客上下，传送信件，还替村里代办货物，无论是一斤麻油，一尺鞋面布，或是一斤淮蟹，只要店铺里有的，都可以替你买来，他们也不写账，回来时只凭着记忆，这是三六叔的旱烟五十六文，这是七斤嫂的布六十四文，一件都不会遗漏或是错误。它载人上城，并且还代人跑街，这是很方便的事，但是也或者有人，特别是女太太们，要嫌憎买的不很称心，那么只好且略等候，等“船店”到来的时候，自己买了。城市里本有货郎担，挑着担子，手里摇着一种雅号“惊闺”或是“唤娇娘”的特制的小鼓，方言称之为“袋络担”，据孙德祖的《寄龛乙志》卷四里说：“货郎担越中谓之袋络担，是货什杂布帛及丝线之属，其初盖以络索担囊橐且售，故云。”后来却是用藤竹织成，叠起来很高的一种箱担了，但在水乡大约因为行走不便，所以没有，却有一种便于水行的船店出来，来弥补这个缺憾。这外观与普通的埠船没有什么不同，平常一个人摇着橹，到得行近一个村庄，船里有人敲起小锣来，大家知道船店来了，一哄的出到河岸头，各自买需要的东西，大概除柴米外，别的日用品都可以买到，有洋油与洋灯罩，也有苎麻鞋面布和洋头绳，以及丝线。这是旧时代的办法，其实却很是有用的。我看见过这种船店，趁过这种埠船，还是在民国以前，时间经过了六十年，可